소중한 ________________________ 에게

________________________ 가(이) 선물합니다.

____

로빈 후드의 모험

하워드 파일 지음

1853년 미국 델라웨어주 윌밍턴에서 태어났습니다. 어린이 책과 잡지에 그림을 싣던 중
1883년에 「로빈 후드의 모험」을 펴내 작가로서의 명성을 얻었습니다. 그 후 「후추와 소금」, 「환상의 시계」 등을
출간하였습니다. 파일은 글을 쓰는 한편 미술 교육에도 힘을 써, 1900년에 윌밍턴에 하워드 파일 미술 학교를 세우기도
했습니다. 1911년 이탈리아 피렌체에 머물며 고대 벽화를 연구하던 중 신장염으로 세상을 떠났습니다.

김종상 엮음

경상북도 안동에서 태어나 「새벗」 현상 문예와 서울신문 신춘문예에 각각 동시가 당선되어
문단에 나왔습니다. 그동안 동시집 「어머니 무명 치마」, 「생각하는 돌멩이」, 「날개의 씨앗」, 동화집 「아기 사슴」,
「방울이의 신발」 등을 펴내 대한민국문학상 · 어린이문화대상 · 제1회 세계 아동의 해 기념 문예 수상 ·
세종아동문학상 · 어린이도서상 · 대한민국동요 대상 등을 받았습니다.

2025년 11월 5일 2판 7쇄 **펴냄**
2013년 4월 10일 2판 1쇄 **펴냄**
2004년 9월 1일 1판 1쇄 **펴냄**

펴낸곳 (주)효리원
펴낸이 윤종근
지은이 하워드 파일
엮은이 김종상 · **그린이** 박요한
등록 1990년 12월 20일 · 번호 2-1108
우편 번호 03147
주소 서울시 종로구 삼일대로 457, 406호
전화 02)3675-5222 · **팩스** 02)765-5222

© 2004 · 2013, (주)효리원

ISBN 978-89-281-0266-2 63840

이메일 hyoreewon@hyoreewon.com
홈페이지 www.hyoreewon.com

로빈 후드의 모험

하워드 파일 지음
김종상 엮음 / 박요한 그림

효 리 원
hyoreewon.com

영국의 전설적인 인물 '로빈 후드'는 1100~1200년 사이에 살았다고 전해집니다. 그의 이야기는 영국에서 가장 오래된 민요집 같은 데 실려 있지만, 실제로 살았던 인물인지는 알 수 없습니다.

로빈은 그를 따르는 많은 사람들과 함께 노팅엄성 안의 울창한 숲 속에 살았습니다. 그는 영국 제일의 활 솜씨와 뛰어난 지혜로 억울하게 쫓기는 사람들을 보호했으며, 나쁜 관리들과 욕심 많은 귀족들을 혼내 주었습니다.

그 당시 영국에는 노르만인들이 쳐들어와, 원래 그 땅에서 살던 색슨족을 힘으로 억누르고 땅과 재산을 빼앗았으며 좋은 벼슬자리를 모두 차지했습니다. 졸지에 가진 것을 모두 잃은 색슨족은 정의로운 기사 '로빈 후드' 이야기를 위안으로 삼았습니다.

가난한 농민이나 어부들은 내용을 더 재미있게 꾸며서 여러 사람에게 들려주었고, 마을의 잔치나 축제 때는 여러 사람이 모여 춤을 추며 노래로 부르기도 했습니다. 옛이야기로 전해 오던 로빈 후드가 널리 사랑을 받게 되자 차츰 실제 인물처럼 느껴져, 여러 사람이 연구도 하고 문학 작품으로도 탄생하기에 이르렀습니다.

1795년에 조셉 리트슨이라는 사람이 쓴 책을 보면 로빈의 원래 이름은 로버트 피츠우즈였고, 1160년에 노팅엄주 럭스리의 귀족 집안에서 태어났다고 합니다. 그러나 자신이 살던 성과 땅을 귀족에게 빼앗긴 뒤 셔우드 숲으로 들어가 숨어 살면서 가난하고 불쌍한 사람의 편이 되었다고 합니다.

로빈은 지혜가 뛰어나고 활을 잘 쏘았으며, 정직하고 용감했다고 전해집니다. 또한 쾌활하고 의협심이 많았으며, 여자들에게는 예의가 바르고 불쌍한 사람에게는 동정심이 강했다고 합니다. 그래서 읽는 사람의 마음을 즐겁고 통쾌하게 해 줍니다.

이러한 로빈은 월터 스콧의 「아이반호」에서 색슨족 기사로 등장해 멋진 활 솜씨를 보여 주기도 하고, 테니슨의 「숲속의 사람들」과 알프레드 노이스의 사극 「셔우드」에서는 정의로운 도적으로 나와 많은 사람의 사랑을 받았습니다.

아동 문학 작품으로는 미국의 하워드 파일이 쓴 『로빈 후드의 유쾌한 모험』이 가장 널리 읽히고 있는데, 이 책은 앞의 몇 가지 작품들을 참고로 해서 엮었습니다.

엮은이 김종상

이별

헨리 2세가 영국을 다스리던 때였다. 멋진 청년 로버트가 먼 길을 떠나고 있었다. 푸른 옷에 푸른 모자를 쓰고, 활도 메고 칼도 찼다. 친구들은 그를 로빈이라고 불렀다.

로빈의 뒤를 귀여운 소녀가 급히 따라갔다.

"로빈, 제발 가지 마! 너처럼 마을을 떠났던 사람들 중에 무사히 돌아온 사람은 아무도 없었어."

"마리안, 여기서는 아무것도 될 수 없어! 나의 활쏘기 실력은 너도 잘 알잖아. 나 정도면 틀림없이 왕을 모시는 근위병이 될 수 있어. 2년만 기다려 줘."

"노르만족 관리들은 색슨족 젊은이만 보면 반역자로 몰아서 모두 잡아간다잖아. 아니면 왕의 근위병들과 싸우다가 죽거나. 그러니까 제발 가지 마. 응?"

"마리안, 다 그런 건 아니야. 성주가 된 사람도 있어. 걱정하지 마. 나만 믿어."

로빈은 부모도 없고 재산도 없었다. 하지만 몸도 튼튼하고 마음씨도 착했다. 게다가 누구보다도 활을 잘 쏘았다. 아무리 빨리 날아가는 새도 마음만 먹으면 눈 깜짝할 새에 쏘아 떨어뜨리는 명사수였다.

"백발백중이군. 정말 놀라워!"

"로빈만큼 활 잘 쏘는 사람은 이 세상에 없을 거야. 정말 대단하지 않아?"

사람들은 혀를 내두르며 감탄했다.

"실력이 아까워!"

"그러게요. 차라리 근위병이 되어 왕을 모시면 어떨까?"

"그거 좋은 생각이네요!"

로빈은 마리안을 위해서라도 왕을 모시는 근위병이 꼭 되고 싶었다. 마리안이 아무리 말려도 포기할 수 없었다. 결국 포기한 것은 마리안이었다.

"휴, 기어이 가겠단 말이지?"

마리안은 로빈을 붙잡을 수 없다는 것을 깨닫자 길가에 곱게 핀 노란 꽃을 가리켰다.

"로빈, 저 꽃 좀 봐. 기억나?"

문득 로빈의 입가에 미소가 번졌다.

"그럼. 그걸 어떻게 잊겠어."

그 꽃은 금조라는 꽃이었다. 모습이 꼭 금빛 날개를 활짝 펴고 힘차게 날아가는 작은 새처럼 생겨서 붙여진 이름이었다.

"내가 일곱 살 때였으니까 그게 벌써 6년 전 일이네. 아직도 기억이 생생한데 말이야."

마리안은 옛일을 회상하듯 금조를 오랫동안 바라보았다.

마리안이 일곱 살 되던 여름이었다. 마을 언덕에는 맑은 물이 퐁퐁 솟아나는 '성모의 샘'이 있었다. 샘 둘레에는 금빛 새들이 떼를 지어 날아다니듯 노란 꽃이 수없이 피어났다.

어린 마리안은 그 꽃에 반해서 어른들 몰래 숲속의 샘터로 올라갔다. 샘터 저쪽에는 더 많은 꽃이 흐드러지게 피어 있었다.

마리안은 얼른 신을 벗고 맑은 샘물이 흘러넘치는 곳으로 들어섰다. 처음에는 발목까지 오던 물이 갑자기 깊어졌다. 더 이상 앞으로 나아갈 수가 없었다. 마리안은 꽃을 꺾으려고 조심스레 팔을 뻗었다. 그런데 그만 발이 미끄러지는 바람에 깊은 물속으로 빠지고 말았다.

"앗! 엄마아……, 살려 줘요!"

마리안은 두 팔을 허우적거리며 외쳤다.

장난감 활로 새를 쏘려던 한 소년이 비명을 듣고 샘터로 달려왔다. 소년은 급히 물로 뛰어들었다. 그러고는 곧 마리안을 안고 잔디밭으로 나왔다. 그 소년이 바로 어린 로빈이었다.

둘은 모두 물에 옷이 흠뻑 젖었다.

"바보같이 거기는 왜 들어갔어? 응? 하마터면 물귀신이 될 뻔했잖아!"

"사실은 저 꽃 때문에……."

로빈의 말에 마리안은 울면서 샘터 건너편을 가리켰다. 노란 금조가 흐드러지게 피어 있었다. 숲속이 온통 눈부신 황금빛이었다.

"뭐? 저 금조를 꺾으려다가 빠졌단 말이야?"

로빈은 얼른 샘터로 가서 노란 금조를 잔뜩 꺾어 왔다. 그러고는 울고 있는 마리안의 품에 안겨 주었다.

"자, 가져. 그깟 일로 울긴 왜 울어?"

마리안은 꽃을 받고 나서야 눈물을 닦으며 생긋 웃었다.

"젖은 옷부터 말리자."

로빈은 마리안의 옷을 햇볕에 널어 주었다. 자신의 옷도 벗어 나뭇가지에 걸었다. 로빈이 열두 살, 마리안이 일곱 살 때의 일이었다.

잠시 그때를 생각하던 마리안이 다시 입을 열었다.

"음, 로빈, 꼭 가야만 한다면 내 부탁 하나만 들어줘. 마지막 부탁이야."

"그럼, 들어주고말고. 어서 말해 봐."

마리안은 길가에 핀 금조를 꺾더니 저만큼 물러서서 머리 위로 꽃을 쳐들며 말했다.

"이 꽃으로 우리의 운을 점쳐 보자. 활을 쏘아서 이 꽃을 떨어뜨리면 떠나는 게 행운이니까 내가 참고 보내 줄게. 하지만 만약 못 떨어뜨리면 떠나지 말아야 해. 약속할 수 있지?"

"좋아, 그렇게 하자."

로빈은 할 수 없이 머리를 끄덕였다.

쓴웃음을 지으며 어깨에 걸고 있던 활을 잡았다. 화살이 조금만 빗나가도 마리안이 다칠 것이다. 활시위를 잡은 로빈의 손이 가늘게 떨렸다.

잠시 눈을 감았던 로빈은 전통에서 화살을 꺼내 활시위에 걸었다. 힘껏 당겨진 화살이 바람처럼 '쌩' 날아갔다. 금조는 화살에 정확히 맞고 땅으로 떨어졌다.

　로빈은 얼른 달려가서 깜짝 놀란 채 서 있는 마리안을 와락 끌어안았다.

　"그럼 약속한 거야. 마리안, 2년만 기다려. 꼭 돌아올게."

　로빈은 마리안의 대답은 듣지도 않고 벌써 저만큼 앞으로 성큼성큼 걸어갔다.

　"로빈, 꼭 무사히 돌아와야 해! 2년이 아니라 20년이라도 기다릴게."

　성큼성큼 멀어지는 로빈을 멍하니 바라보며 마리안은 눈물이 그렁그렁 괸 채 중얼거렸다.

활쏘기 대회에 참가하려다

　머칠 만에 로빈은 큰 도시에 들어섰다. 담벼락마다 노팅엄에서 활쏘기 대회가 열린다는 광고가 나붙어 있었다. 일등상은 맥주 한 통이었다.

　로빈은 광고를 보며 빙그레 웃었다.

　'좋은 기회야. 맥주 한 통을 상으로 받으면 그걸 팔아서 용돈으로 써야지. 이 사실을 알면 마리안도 기뻐할 거야.'

　로빈은 열여덟 살이었다. 이제 막 청년으로 접어드는 나이지만 몸은 어른 못지않게 당당했고 힘도 셌다. 검술도 대단했는데, 특히 활쏘기는 천하 명궁이었다. 세상 누구와 겨루어도 이길 자신이 있었다.

로빈은 활쏘기 대회가 열리는 노팅엄으로 발걸음을 재촉했다. 그곳으로 가려면 나무가 울창한 셔우드 숲을 지나 한참 더 가야만 했다.

어느새 로빈은 셔우드 숲으로 들어서고 있었다.

"푸른 숲, 맑은 물, 향기로운 바람! 정말 아름다워."

숲속으로 얼마쯤 들어갔을 때였다. 갑자기 사슴 무리가 나타났다. 지금까지 한 번도 보지 못한 사슴 떼였다.

"야! 굉장한데. 이게 웬 떡이야!"

로빈은 눈이 휘둥그레졌다. 사슴 한 마리를 팔면 용돈이 두둑해지기 때문이었다. 어깨의 활을 내리며 전통에서 화살을 뽑았다. 눈앞에 나타난 사슴 떼 중에서 한 마리를 사냥하는 것은 식은 죽 먹기였다.

그런데 그 순간, 퍼뜩 머리를 스치는 생각에 화들짝 놀라며 동작을 멈추고 말았다.

"아차! 하마터면 큰 실수를 저지를 뻔했네."

셔우드 숲은 왕의 사냥터였다. 그곳의 사슴은 왕 외에는 누구도 사냥할 수 없다는 것이 법이었다. 실수로라도 사슴을 해쳤다가는 두 귀를 잘릴 정도로 엄한 벌이 내려진다고 했다. 그렇게 많은 사슴 떼가 나타난 것도 그 때문이었다.

　　로빈은 주위를 두리번거리며 살펴보았다. 다행히 아무
도 본 사람이 없었다. 그렇지만 활과 화살을 가지고 셔우
드 숲을 지나는 것만으로도 오해를 받을 것 같아 불안
해졌다. 공연히 시비에 말려들지 않으려면 빨리
숲을 빠져나가야만 했다.
　　로빈은 화살을 다시 전통에 넣고 걸음을 재촉했
다. 한참 그렇게 숲길을 걸을 때였다. 제복을
입은 청년들이 참죽나무 아래에서 맥주를
마시며 떠들고 있었다. 활과 칼로 무장

한 것을 보니 셔우드 숲을 지키는 산림관이라는 것을 금방 알 수 있었다.

“어이! 여기가 어디라고 함부로 활을 메고 지나가느냐?”

그중의 한 사람이 큰 소리로 로빈을 불러 세웠다.

로빈은 깜짝 놀라 소리 나는 곳으로 얼굴을 돌렸다. 무장한 청년들이 쏘아보는 시선에 기가 질리고 말았다.

로빈은 얼른 모자를 벗고 정중히 인사했다.

“저는 로버트라고 합니다. 친구들은 로빈 후드라고 부르지요. 지금 노팅엄으로 가는 길입니다.”

“노팅엄에는 왜 가는데?”

대장인 듯한 사람이 물었다.

“네, 활쏘기 대회가 있다기에 가는 길입니다.”

“뭐야? 그건 우리 같은 산림관을 뽑는 대회인데, 너 같은 촌뜨기가 거기에 간다고?”

다른 산림관들은 아주 재미있다는 듯 키득키득 웃었다.

대장은 몹시 불쾌한 표정으로 침을 찍 뱉으며 말했다.

“흔히 있는 일이야. 배고픈 거지나 게으름뱅이 촌뜨기들이 분수도 모르고 헛된 욕심을 내는 꼴을 처음 보는 것도 아니지 뭐.”

산림관들 사이에서 다시 웃음이 터져 나왔다.

로빈은 울컥 화가 치밀었지만 시비에 말려들지 않으려고 못 들은 척했다.

그러자 또 다른 산림관이 조롱하듯이 말했다.

"어쨌든 어깨에 멘 활을 보니 아이들 장난감으로는 너무 큰데, 너 같은 젖먹이가 그걸 당길 줄이나 알아?"

로빈은 더 이상 참을 수가 없었다. 두 주먹을 불끈 쥐며 소리쳤다.

"뭐라고요? 누구든지 나하고 활쏘기 내기를 합시다. 이 활이 장난감인지 명궁인지 시험해 보면 알 게 아닙니까!"

"야, 그놈 성질 한번 사납군. 그래, 내기에 무엇을 걸 테냐?"

"난 돈은 없습니다. 당신들이 돈을 걸면 난 목숨을 걸겠습니다. 어떻습니까?"

"거봐, 내가 말했잖아. 저놈은 분수도 모르고 천방지축 날뛰는 배고픈 가난뱅이라니까!"

로빈을 비웃던 산림관이 또 비꼬며 말했다.

그때 마침 조금 전에 보았던 사슴 떼가 풀을 뜯으며 지나가는 것이 보였다.

"네놈이 만약 저 사슴을 쏘아 맞히면 이 은돈 20마르크를 상금으로 주지. 대신 못 맞히면 죽을 때까지 노예가 되어 우리 시중을 들어야 한다. 어때, 해볼 테냐?”

대장이 돈주머니를 흔들어 보이며 말했다.

“자신 있으면 당장 저 사슴을 쏘아 보시지. 돈은 여기 있다.”

대장이 활을 들고 일어서며 사슴 떼를 가리켰다.

로빈은 잠시 망설였다. 풀을 뜯으며 느리게 움직이는 사슴을 잡는 것은 식은 죽 먹기보다 쉬웠다. 그러나 그것은 왕의 사슴을 쏘는 일이어서 선뜻 그러자고 할 수가 없었다.

“하하하, 역시 젖비린내 나는 애송이라 순한 사슴도 두려운 모양이구나.”

그들은 큰 소리로 떠들며 또 비웃었다.

로빈은 참을 수가 없었다.

“함부로 말하지 마십시오! 내 활 솜씨를 당장 보여 주겠소.”

“그래? 정말 자신 있으면 그 자리에서 사슴 그림자라도 맞혀 보라니까.”

산림관들은 능글맞게 웃으며 약을 올렸다.

“좋소. 저기 제일 먼 곳에서 풀을 뜯고 있는, 뿔이 멋진 놈을 쏠 테니 잘 보시오.”

로빈은 재빨리 활시위를 당겼다.

화살은 날카로운 바람 소리를 내며 눈 깜짝할 새에 날아가

사슴의 심장을 관통했다. 화살을 맞은 사슴은 공중으로 껑충 뛰어올랐다가 그 자리에 털썩 쓰러졌다. 놀란 사슴 떼가 사방으로 흩어져 도망쳤다.

산림관들도 놀라서 눈이 휘둥그레졌다.

"자, 보셨지요? 이제 그 돈주머니를 주십시오. 은돈 20마르크는 내 돈입니다."

로빈은 자기를 얕보고 비웃던 대장에게 다가서며 말했다.

왕의 사슴을 죽인 죄인

“뭐? 이 은돈이 네 것이라고? 천만에! 네놈은 이제 꼼짝없이 죽은 목숨이야. 설마 네가 죽인 사슴이 누구 것인지 모르는 건 아니겠지?”

순간 로빈의 얼굴빛이 하얗게 변했다. 산림관들의 꾐에 빠졌다는 것을 그제야 깨달았기 때문이었다.

“내기에 사슴을 건 것은 당신들이었소. 누구의 사슴인지는 모르겠지만, 그 책임은 당신들이 져야 하오. 그러니 어서 그 돈이나 주시오!”

로빈은 큰 소리로 말했다.

“어라? 이 색슨족 피라미 좀 보게. 이놈아, 너는 지금 왕의 사슴을 죽였어. 그 벌로 네놈도 두 귀를 싹둑 잘리게 된단 말이다!
알겠냐?"

상금을 걸었던 대장이 얼굴을 붉히며 버럭 소리쳤다.

"거짓말쟁이들, 비겁하게 나를 속이다니. 가만두지 않겠소!"

화가 치민 로빈도 지지 않고 소리쳤다.

"가만두지 않으면 어쩔 테냐? 저놈을 당장 잡아라!"

대장의 말에 산림관들이 한꺼번에 우르르 달려들었다.

로빈은 있는 힘을 다해 싸웠지만 열 명도 넘는 청년들을 이길
수는 없었다. 로빈은 결국 포승에 꽁꽁 묶이고 말았다.

"이러지 마시오! 제발 이 줄을 풀고 나를 보내 주시오."

로빈은 몸부림을 치며 부르짖었다.

"닥쳐! 넌 우리들과 노팅엄으로 가야 해. 죄인의 두 귀를 자르
는 집행관이 거기서 기다리고 있거든."

대장은 빠져나가려고 발버둥치는 로빈을 내려다보며 고소하
다는 듯이 히죽히죽 웃었다.

"한동안 사슴을 죽이는 범인을 못 잡아서 노팅엄의 장관이 몹
시 우울해했는데, 너를 잡았으니 장관도 이제 마음을 좀 풀겠
군. 우리는 두둑한 상금을 받을 테고 말이야."

로빈은 억울하게 죄인이 되었는데, 산림관들은 그 공로로 상

금을 받게 되는 모양이었다.

그때 한 산림관이 대장에게 말했다.

"대장, 이놈은 좀 유별난 놈 같으니 재미있는 방법으로 끌고 갑시다."

"재미있는 방법이라고?"

"네, 저놈이 죽인 사슴의 가죽을 벗겨서 그것을 입혀 끌고 가는 겁니다. 그래야 사람들이 왕의 사슴을 죽인 죄인이 어떻게 되는지 알게 될 거 아닙니까?"

"하하하, 그거 재미있겠다. 그럼 곧 준비해라."

두 부하가 죽은 사슴을 끌고 와서는 익숙한 솜씨로 가죽을 벗겨 냈다.

"그 건방진 놈을 이리로 끌고 와."

산림관들이 달려들어 로빈을 일으켜 세웠다. 그러고는 시뻘건 피가 뚝뚝 흘러내리는 사슴 가죽을 로빈에게 씌웠다. 로빈의 온몸은 피가 뚝뚝 떨어지는 사슴 가죽으로 씌워졌다. 두 팔이 꽁꽁 묶여 있어서 아무리 몸부림을 쳐도 소용이 없었다.

산림관들은 사슴 가죽이 벗겨지지 않도록 튼튼한 줄로 단단히 묶었다. 삽시간에 로빈은 사슴 가죽을 뒤집어 쓴 괴물 같은 모습으로 변했다.

산림관들은 그런 로빈을 보며 재미있다는 듯 낄낄거렸다.

"짐승 같은 색슨족이라 사슴 가죽이 아주 잘 어울리는군."

대장이 로빈의 얼굴에 침을 찍 뱉으며 놀려 댔다.

로빈은 너무 분해서 몸이 부르르 떨렸다. 이대로 노팅엄의 광장 집행대로 끌려가 두 귀가 잘릴 것을 생각하니 눈앞이 캄캄했다. 억울하고 분해서 미칠 것만 같았다.

지나간 일들이 머리를 스쳐갔다. 로빈은 마을을 떠나던 날을 생각했다. 자기와 헤어지는 것을 그렇게도 안타까워하던 다정한 마리안, 맑게 갠 초여름의 하늘, 새빨갛게 핀 들장미, 그리고 어린 날의 추억 속 금조……. 색슨족의 젊은이들은 모두 노르만족 관리들에게 쫓겨 다니다가 끝내는 반역자로 몰려 죽고 만다며, 그것이 색슨족의 운명이라며, 고운 눈에 눈물을 가득 담고 로빈에게 매달리던 마리안의 모습이 떠올랐다.

'아, 사랑하는 마리안!'

사슴 가죽을 쓴 로빈은 마음속으로 외쳤다. 콧날이 찡해지면서 눈앞이 흐려졌다.

"그런데 이놈이 걸을 수 없으니 어떻게 운반하지?"

사슴 가죽을 씌운 산림관이 얼굴을 찡그렸다.

"저쪽에서 나무를 베고 있는 색슨족 일꾼들에게 수레를 가져

오라고 하면 되지 뭐."

"옳아, 그렇게 하는 게 좋겠군! 어서 가서 색슨족 벌목꾼에게 수레를 가져오라고 해."

대장이 명령했다.

산림관 하나가 나무 베는 색슨족을 부르러 달려갔다.

이윽고 색슨족 세 사람이 나무를 운반하는 수레를 끌고 마지못해 따라왔다.

"이놈은 왕의 사슴을 죽인 악당이다. 수레에 태워 끌고 가라."

색슨족 벌목꾼들은 아무 말도 못하고 그저 대장이 시키는 대로 사슴 가죽을 둘러쓴 로빈을 수레 위로 끌어올렸다.

"자, 출발해!"

대장의 명령에 벌목꾼들은 수레를 끌기 시작했다.

수레에 실린 로빈은 수치심과 분노에 떨며 죽은 사슴처럼 실려 갔다.

"저기 술집이 있군. 오늘 한 건 했으니 한잔하며 쉬어 가자."

대장의 말에 산림관들은 집 앞에 수레를 세워 놓고 안으로 들어가 술을 마시기 시작했다.

로빈은 산림관들이 모두 술집으로 들어간 것을 확인한 뒤 작은 목소리로 재빨리 말했다.

"아저씨들, 제발 저를 살려 주십시오! 저놈들의 꾐에 빠져 사슴을 쏘는 내기를 했다가 이렇게 된 억울한 색슨족입니다. 그러니 제발……."

로빈은 같은 색슨족인 벌목꾼들에게 애원했다.

"죽일 놈들! 같은 사람끼리 어찌 이럴 수가 있담."

수레를 끌고 온 색슨족 하나가 로빈이 쓰고 있는 사슴 가죽을 벗기고 포승도 끊었다.

"빨리 도망쳐! 붙잡히면 우리도 죽어."

벌목꾼은 이렇게 속삭이고는 도망치기 시작했다. 로빈도 그들과 함께 숲을 향해 냅다 뛰었다.

바로 그때, 오줌을 누려고 밖으로 나오던 산림관 하나가 그만 그 모습을 보고 말았다.

"색슨족 놈들이 도망친다! 모두 쏴 죽여라!"

그 산림관은 얼른 술집을 향해 외쳤다.

산림관들이 한꺼번에 우르르 뛰어나오며 활을 쏘기 시작했다.

화살 하나가 로빈의 귓가를 아슬아슬하게 스쳐 지나갔다. 이대로 도망치다가는 자신 때문에 벌목꾼들까지 위험에 빠질 것 같았다. 로빈은 홱 돌아서며 활시위를 당기는 산림관을 향해 화살을 날렸다.

"으악! 어이쿠!"

활을 쏘던 산림관이 로빈의 화살을 맞고 비명을 지르며 앞으로 고꾸라졌다.

"비겁한 놈들, 다시는 이런 짓을 못하게 해 주겠다."

로빈은 잽싸게 다시 활을 겨누었다.

산림관들은 모두 질겁을 하고 땅바닥에 납작 엎드렸다.

"고개를 드는 놈은 누구든 황천길로 보내 주겠다!"

로빈이 소리쳤다.

산림관들은 죽은 듯이 엎드려 고개를 땅으로 처박았다. 로빈의 활 솜씨가 무서워 아무도 고개를 들지 못했다.

로빈은 숲을 향해 냅다 뛰기 시작했다. 사슴을 쫓는 맹수처럼 빠른 걸음이었다.

사방이 조용해지자 엎드렸던 산림관들이 하나둘씩 고개를 들었다.

"놈들이 도망쳤다. 숲속을 모조리 뒤져라!"

산림관 대장이 펄펄 뛰며 고래고래 소리를 질렀다.

뒤늦게 정신을 차린 부하들이 셔우드 숲을 샅샅이 뒤졌지만 로빈은 물론이고 벌목꾼들마저 흔적조차 찾을 수가 없었다.

그들은 로빈의 화살에 맞아 죽은 산림관의 시체를 빈 수레에 싣고 노팅엄으로 돌아갔다.

로빈은 산림관들의 꾐에 빠져 왕의 사슴과 산림관까지 죽였으니 잡히기만 하면 사형에 처해질 중죄인이 되고 말았다. 이젠 더 이상 바깥세상에 나다닐 수 없는 처지가 된 것이다. 그길로 셔우드 숲 깊숙이 들어가 숨어 지내는 수밖에 없었다.

영국의 국왕 헨리 2세는 로빈의 목에 200파운드의 상금을 걸었다. 산림관의 거짓 보고를 받고 로빈을 왕의 사슴을 사냥했을 뿐만 아니라 그곳을 지키는 산림관까지 죽인 흉악한 죄인으로 낙인을 찍었던 것이다.

부두목 리틀 존

로빈이 셔우드 숲에 숨어 지낸 지 어느덧 1년이 지났다.

셔우드 숲에는 억울하게 쫓기는 사람들이 많이 숨어 지냈다. 로빈처럼 왕의 사슴을 사냥했다가 쫓기는 사람도 있지만, 귀족이나 성직자에게 논밭을 빼앗기자 복수를 하고 도망친 사람도 있었고, 먹을 것이 없어 도둑질을 하다가 도망쳐 온 사람도 있었다. 그런데 죄가 있어 피해 온 사람들은 몇 안 되었다. 대부분은 노르만족의 관리들에게 억울하게 쫓기는 사람들이었다.

그렇게 모인 사람들이 100명이 넘었다. 명궁에다 검술까지 뛰어난 로빈은 어느새 그들의 우두머리가 되었다. 사람들은 모두 로빈을 '두목님'이라고 불렀다.

그들은 모두 로빈처럼 푸른 옷을 입었다. 푸른 옷은 숲속에서 눈에 잘 띄지 않는데다가 로빈의 부하라는 뜻도 있었다.

셔우드 숲에서는 모두 서로 도우며 형제처럼 지냈다. 그들은 백성들을 괴롭히는 악명 높은 귀족들의 부정한 재물을 빼앗아 억울한 일을 당한 사람들에게 나누어 주었다. 그리고 그중 일부를 가져와 생활을 꾸려 가는 정의로운 도둑들이었다.

"셔우드 숲을 지날 때는 조심하라. 푸른 옷을 입은 개가 물어 뜯는다."

노르만족의 관리나 귀족들은 모두 셔우드 숲 사람들을 두려워했다. 그러나 가난한 사람이나 억울한 일을 당한 사람들은 모두 로빈을 받들며 따랐다.

그 즈음 영국의 귀족과 관리들은 대부분 노르만족이었다. 그들은 다른 종족들을 철저히 무시했다. 그뿐만 아니라 힘없는 백성들에게 지나치게 많은 세금을 매겨서 재산을 긁어 갔다. 죄 없는 사람들을 잡아가 두들겨 패거나 감옥에 집어넣는 것은 예사였다.

이렇게 억울한 일을 당한 사람들이 도망쳐서 셔우드 숲으로 모여들었다. 셔우드 숲에는 푸른 옷을 입은 사람들이 하루가 다르게 자꾸 늘어만 갔다.

"힘들고 어려운 일을 당한 사람들은 셔우드 숲으로
가라. 로빈 후드가 반드시 도와줄 것이다."
불쌍한 사람들 사이에서는 이런 말이 떠돌았다.
셔우드 숲은 쫓기는 불쌍한 사람들이 기댈 수 있는 왕국이었
다. 로빈은 거기에서 왕처럼 대접 받았다.

로빈의 목에는 200파운드나 되는 많은 상금이 걸려 있었다. 사람들은 누구나 다 그 사실을 알았다. 하지만 아무도 상금을 탐내어 그를 잡거나 고발하지 않았다. 백성들은 모두 그를 도왔고 숨겨 주었다. 심지어 로빈과 그의 부하들을 '유쾌한 사람들'이라고 부르며 존경하기까지 했다.

그러던 어느 날 아침이었다. '유쾌한 사람들'이 맑은 냇물에서 세수를 하며 하루를 준비하고 있었다.

"보름이 넘도록 아무 일 없이 지내려니 답답하군. 뭐 재미있는 일 없을까? 난 산책이나 좀 하고 오겠네. 너희들은 여기 있다가 내가 뿔피리를 세 번 불거든 지체 없이 달려오게."

로빈은 웃으며 부하들에게 말했다.

셔우드 숲이 시작되는 입구까지 걸어 나갔지만 재미있는 일은 아무것도 일어나지 않았다.

로빈은 외나무다리가 걸려 있는 개울가로 걸어갔다. 로빈이 막 다리를 건너려 할 때였다. 저쪽에서 황소처럼 큰 사내가 건너오고 있었다. 모처럼 엄청난 덩치를 보자 로빈은 호기심이 생겼다.

"여보시오. 당장 되돌아가시오! 힘이 센 사람이 먼저 건너는 것이 이 다리를 건너는 법이오."

로빈이 재빨리 외나무다리로 들어서며 장난꾸러기 아이처럼 큰 소리로 말했다.

"뭐라고? 그렇다면 네가 되돌아가야지. 힘이 센 쪽은 나니까 말이야."

덩치 큰 사내가 코웃음을 치듯 되받았다.

둘은 외나무다리 가운데서 마주 섰다. 로빈은 황소 같은 사내를 노려보았다. 사내도 로빈을 노려보았다. 로빈은 허리에 칼을 차고 커다란 몽둥이를 지팡이처럼 들고 있었다.

"정말 여기서 물러서지 않을 작정이냐?"

"흥, 센 사람이 먼저 건너는 법이라면서?"

사내가 당당하게 말했다.

사내는 로빈보다 머리 하나는 더 있을 만큼 키가 크고 풍채가 당당했다. 로빈 것보다 더 굵은 몽둥이를 지팡이로 들고 있는 것만 봐도 힘이 장사일 게 분명했다.

로빈은 모처럼 한번 신나게 겨뤄 볼 상대를 만났다는 생각이 들었다.

"누가 센지 겨뤄 보자는 거요? 덩치만 크다고 이기는 줄 알았다가는 큰코다칠 텐데……."

"흥! 누가 이길지는 싸워 봐야 알지."

덩치 큰 사내는 코웃음을 치며 되받았다.

"끝내 나와 싸우겠다는 것이군. 그렇다면 할 수 없지. 자, 덤벼 보시지!"

"흥, 하룻강아지 범 무서운 줄 모른다더니. 그래, 덤벼 봐!"

두 사람은 외나무다리에서 몽둥이를 휘두르며 싸웠다. 한쪽이 다리 밑으로 떨어질 때까지 싸워야 했다.

로빈은 사내를 잽싸게 공격했다. 곰처럼 우람한 사내가 놀랍게도 로빈의 공격을 날렵하게 척척 막아 냈다. 어쩌다가 로빈의 몽둥이에 얻어맞아도 사내는 끄떡없었다.

로빈은 몽둥이를 휘두르며 생각했다.

'이거 만만히 볼 놈이 아니구나. 보통 놈이 아니야.'

웬만한 사람이면 로빈의 몽둥이에 벌써 개울로 떨어졌을 텐데 사내는 꿈쩍도 하지 않았다. 도리어 사내의 무서운 공격을 막다가 로빈이 외나무다리 아래 개울물 속으로 풍덩 떨어지고 말았다. 로빈으로서는 처음 당하는 수치스러운 패배였다.

"하하하! 꼴좋다. 그러니까 진작 길을 비켰어야지. 규칙을 알면서도 그걸 어기려고 덤비면 그렇게 되는 거야."

황소 같은 사내가 껄껄 웃으며 말했다.

로빈은 허우적거리다가 나무뿌리를 잡고 겨우 개울 밖으로 헤엄쳐 나왔다.

"어디 또 싸워 볼 텐가?"

황소 같은 사내가 몽둥이를 짚고 서서 로빈을 내려다보며 말했다.

"아니야. 내가 졌네. 승부는 끝났어."

로빈은 사내의 승리를 깨끗이 인정하고는 허리에 차고 있던 뿔피리를 꺼내 세 번 불었다. 모처럼 만난 황소 같은 무사에게

셔우드 숲의 동지가 되어 달라고 부하들과 함께 권해 볼 생각이
었다.

뿔피리 소리를 들은 부하들이 삽시간에 우르르 달려왔다.

"두목이 물에 빠지다니, 도대체 어떻게 된 일입니까?"

눈이 휘둥그레진 부하가 물었다.

"저 황소 같은 친구가 나를 개울 속에 처넣었다네."

로빈이 숨을 헐떡이며 대답했다.

"아니, 이런 괘씸한 놈이 있나? 우리 두목을 이 모양으로 만들
다니, 도저히 용서할 수 없다!"

부하들이 칼을 뽑아 들고 사내에게 덤비려고 했다.

그러자 로빈이 얼른 손을 들어 부하들을 막았다.

"잠깐! 내가 이자와 당당히 승부를 겨뤄서 진 것이니 이자에게
는 아무 잘못도 없다. 나는 이 사람이 우리와 한패가 되었으면
해서 너희들을 부른 것이다."

그러고는 사내를 향해 물었다.

"흠, 어떤가? 우리들과 함께 이 숲에서 지내고 싶은 생각이 없
는가?"

"글쎄……. 자네가 나보다 활을 더 잘 쏜다면 한패가 되어도
좋지."

황소 같은 사내가 피식 웃으며 대답했다.

"그거 좋지. 그럼 이번에는 활쏘기 내기를 해 보지."

로빈은 부하에게 나무껍질을 손가락 네 개 정도의 넓이로 잘라 40미터쯤 떨어진 참나무에 붙여 놓게 했다.

"자, 그럼 저 목표물의 중앙을 꿰뚫어 보게나. 손님이니 자네가 먼저 쏘게."

사내가 부하들이 내미는 활 중의 하나를 골라 화살을 시위에 물린 뒤 잡아당겼다가 놓았다. 망설임도 없이 쏜 화살은 나무껍질 과녁의 중앙을 정확하게 꿰뚫고 꽂혔다.

"와, 활 솜씨도 굉장하군! 정말 대단해!"

황소 같은 사내를 칭찬한 로빈이 그 활을 건네받아 지체 없이 화살을 날렸다. 쌩 하고 바람 소리를 내며 일직선으로 날아간 화살이 사내가 쏜 화살을 두 갈래로 쪼개며 그 자리에 꽂혔다.

"우와, 이번에는 내가 졌네! 당신이야말로 영국 제일의 명사수로군."

활쏘기에서는 사내가 졌다고 솔직히 시인했다. 볼수록 마음에 드는 사내였다.

"당신의 활 솜씨는 천하제일이오. 이 숲을 지배한다는 로빈 후드도 이기겠는걸?"

“하하하, 그렇게 생각하시오? 내가 바로 그 로빈 후드요.”

로빈이 기분 좋게 웃으며 대꾸했다.

그 말에 사내는 눈이 휘둥그레졌다. 그러더니 땅바닥에 무릎을 꿇고 넙죽 절을 했다.

“아이고, 몰라뵈었습니다. 저는 존 리틀이라고 합니다. 당신의 부하가 되려고 찾아가는 길이었는데 이렇게 뵙게 되다니!”

“아, 그렇소? 이거 정말 반갑구려! 당신을 환영하오! 자, 일어나시오.”

로빈은 존 리틀의 손을 잡아 일으키며 말했다.

“존 리틀이라고 했소? 존 리틀, 흠 그 이름은 마음에 들지 않는구먼. 황소 같은 몸뚱이와는 너무 다르거든. 그러지 말고 아예 리틀 존이라고 부르지.”

로빈의 말에 부하들도 손뼉을 치며 웃어 댔다.

“그럼 이제 본부로 돌아가 우리의 귀여운 새 식구 리틀 존을 환영하는 축하 잔치를 베풀자.”

로빈은 리틀 존과 함께 셔우드 숲속의 본부로 돌아갔다.

그들은 서둘러 불을 피워 암사슴을 굽고, 잔치 준비를 시작했다. 그러는 사이 로빈은 리틀 존에게 숲의 식구가 되었다는 뜻으로 푸른 새 옷과 활을 주었다.

　잔치 준비가 끝나자 로빈은 리틀 존을 그의 오른쪽 자리에 앉게 했다.

　"자, 오늘 우리와 식구가 된 리틀 존을 소개하겠다. 이 사람은 나를 외나무다리 아래 물속으로 처박을 만큼 힘이 장사다. 게다가 나에 못지않은 활쏘기 실력을 가진 명궁이다. 오늘부터 리틀 존을 우리의 부두목으로 임명한다. 모두 그렇게 알고 따르도록 하라!"

　로빈의 말에 부하들은 모두 '리틀 존 부두목 만세!'를 소리 높이 외쳤다.

　숲의 식구가 된 리틀 존은 그날부터 로빈을 그림자처럼 따라다니며 위기 때마다 그를 보호하는 충실한 부하가 되었다.

활쏘기 대회에서 우승한 애꾸눈

로빈의 활약과 명성으로 셔우드 숲에는 용사들이 자꾸만 불어 났다. 아주 먼 곳에서도 관리나 귀족의 횡포에 시달리던 사람들 이 셔우드 숲으로 찾아들었다.

"로빈의 무리들이 자꾸 불어난다니 이를 어쩌지?"

로빈을 가장 미워하고 두려워하는 노팅엄 장관은 걱정이 이만 저만 아니었다.

"로빈을 잡을 무슨 좋은 방법이 없는지 생각해 보도록 하라."

밤잠도 못 자며 로빈의 세력에 시달리던 장관이 부하들에게 하소연하듯 말했다. 그러자 한 부하가 그럴듯한 방법이 생각났 다며 입을 열었다.

“장관님, 제게 좋은 생각이 있습니다. 활쏘기 대회를 열어 놈을 이곳으로 꾀어내 잡는 것입니다.”

“그것도 꾀라고 말하는가? 놈이 잡힐 줄 알면서 노팅엄의 활쏘기 대회에 참가하겠는가.”

장관은 짜증스럽게 말했다.

“그렇지 않습니다. 상을 크게 내걸면 틀림없이 놈이 참가할 것입니다. 놈은 맥주 한 통을 상으로 준다는 활쏘기 대회에 참가하려고 오다가 사고를 친 놈입니다. 지금쯤 활쏘기 실력을 자랑하지 못해 안달이 나 있을 것입니다. 그런 놈이니 큰 상을 내걸면 틀림없이 참가할 것입니다.”

듣고 보니 그 말도 그럴듯했다. 장관은 고개를 끄덕였다.

“그렇다면 상으로 무엇을 내걸어야 하겠는가?”

“황금 화살을 준다고 하면 어떨까요? 아마 그놈도 환장을 할 것입니다.”

“그렇게 엄청난 상을 놈을 잡기 위해 내걸어?”

장관은 어이없다는 듯 두 눈을 휘둥그렇게 치뜨며 말했다.

“장관님도 참, 어차피 상은 놈의 손에 쥐어질 게 아닌데 무얼 걱정하십니까?”

“허허헛, 그렇구먼. 그래, 그렇게 하도록 하지.”

　장관은 비로소 만족스러운 표정으로 그런 멋진 생각을 해낸 관리를 칭찬했다.

　활쏘기 대회를 연다는 방이 마을마다 붙었다. 일등을 한 궁사에게는 황금 화살을 상으로 준다는 소식에 사람들은 모두 깜짝 놀랐다. 지금까지의 활쏘기 대회에서는 볼 수 없었던 엄청난 상금이었기 때문이다.

　그 방을 본 신부가 일부러 장관을 찾아와 아첨하듯 말했다. 백성들에게 못된 짓을 많이 해서 로빈이 있는 셔우드 숲 근처는 지나가지도 못하는 악명 높은 신부였다.

　"참 좋은 생각을 하셨습니다. 과연 장관님다운 멋진 생각입니다. 아주 기대가 됩니다."

　신부는 연신 허리를 굽실거리며 장관의 비위를 맞추었다.

　"뭘 보고 그런 말을 하시는 거요?"

　장관은 일부러 무슨 말을 하는지 모르겠다는 듯 시치미를 떼고 대꾸했다.

　"저한테까지 숨기려고 하실 것 없습니다."

　신부는 다 안다는 듯한 야릇한 표정을 지으며 말했다.

　"숨기다니, 대체 무슨 말씀을 하시는 거요?"

　"활쏘기 대회 말입니다. 로빈은 활 솜씨를 자랑하고 싶어 안달이 나 있을 텐데 상금까지 엄청나니 대회에 참가하지 않고는 못 배길 것입니다."

"역시 신부님은 못 속이겠구려. 로빈의 영웅심과 상금에 대한 욕심을 미끼로 삼아 그놈을 체포하기 위해 그런 계획을 세우긴 했지만 놈이 나타나지 않을까 걱정이 태산입니다. 놈이 눈치를 채고 나타나지 않으면 내가 큰마음 먹고 내건 엄청난 상을 엉뚱한 놈이 차지할 테니 말이오."

"장담하건대, 그놈은 꼭 나타날 것입니다. 상도 상이지만 놈은 사람들 앞에서 그 알량한 활 솜씨를 자랑하고 싶어 안달이 나 있을 테니 말입니다."

신부는 장관만큼이나 로빈을 잡기라도 한 것처럼 기쁜 표정으로 장관의 비위를 맞추었다.

밤에 마을로 나갔던 로빈의 부하가 담벼락에 붙어 있는 활쏘기 대회 방을 보았다. 그는 그것을 떼어서 셔우드 숲으로 돌아왔다.

"두목님, 이것 좀 보십시오."

로빈은 방을 훑어봤다.

"일등에게 황금 화살을 상으로 준다고? 이게 웬 떡이냐!"

로빈이 껄껄 웃으며 말했다.

“장관이 황금 화살을 상으로 내건 것은 두목을 끌어내 잡겠다는 속임수가 틀림없습니다.”

부두목 리틀 존이 걱정스럽다는 듯이 말했다.

“맞습니다. 이건 틀림없이 두목을 잡으려는 장관의 얕은 수작입니다. 그런 대회에는 절대로 나가시면 안 됩니다.”

부하들은 모두 활쏘기 대회에 나가서는 안 된다고 말렸다. 가만히 듣고 있던 로빈이 머리를 흔들었다.

마리안과 헤어진 후 활쏘기 대회에 가던 때를 생각했다. 그때 대회에 나갔으면 마리안과의 약속대로 지금은 왕의 부하가 되었을지도 몰랐다. 그런데 그만 산림관들의 속임수에 빠져 쫓기는 몸이 되고 만 것이다.

로빈은 노팅엄의 활쏘기 대회가 더욱 끌렸다.

“나도 이게 나를 잡기 위한 장관의 속임수라고 생각한다. 하지만 내가 대회에 나가지 않으면 사람들은 모두 나를 겁쟁이로 생각할 것이다. 장관 또한 나를 비겁하다고 욕할 게 아니겠나?”

로빈의 말에 부하들은 잠시 조용해졌다.

듣고 보니 로빈의 말도 맞았다.

“그래서 하는 말인데, 나는 이 대회에 나가려 한다. 감쪽같이 변장을 하고 나가서 내가 상을 차지한 후 사라지면 장관은 사람

들의 웃음거리가 될 것이다. 나는 이런 얕은꾀로 나를 잡으려는 장관을 사람들의 웃음거리로 만들고 싶다."

부하들은 누구도 반대하지 못했다.

부두목 리틀 존이 팔을 걷어 올리며 소리쳤다.

"듣고 보니 두목 말씀이 옳소. 만약의 일을 대비해서 우리 숲 속 용사들도 변장을 하고 두목과 함께 가도록 합시다. 거지로 꾸며도 좋고, 농부인 것처럼 해도 좋고, 불구자로 행세해도 좋소. 아무튼 각자 다르게 변장을 하고 가서 두목을 보호하도록 합시다."

듣고 보니 정말 괜찮은 생각이었다. 부하들은 모두 각자 나름대로 머리를 써서 변장을 하고 로빈을 따라가겠다고 나섰다.

드디어 활쏘기 대회 날이 되었다. 모처럼 노팅엄의 성문이 활짝 열렸다. 대회에 참가하려는 무사들과 구경꾼들이 꾸역꾸역 모여들었다.

병사들이 눈을 부릅뜨고 대회에 참가하려는 무사들과 몰려드는 구경꾼들을 살폈다. 푸른 옷을 입고 눈은 독수리처럼 빛나는 셔우드 숲속의 사람들을 찾기 위해서였다. 그런데 성문을 들어오는 사람들 중에 그런 사람은 눈을 씻고 봐도 찾을 수가 없었다. 눈동자가 멍청하게 풀린 촌뜨기들이거나 다리를 절룩거리는 불구자와 남루한 옷차림의 거지들이 더러 있었지만 의심스러운 사람은 찾을 수 없었다.

드디어 대회가 시작되었다. 장관은 제일 높은 자리에 버티고 앉아 대회에 참가한 무사들을 훑어보았다. 모두들 활 솜씨도 자랑하고 황금 화살도 차지하겠다고 기세가 대단했다. 그러나 로빈이라고 생각되는 무사는 어디에도 없었다.

1회전에서 열 명의 무사가 뽑혔다. 다시 2회전이 시작되었다. 1회전 때보다 과녁을 더 멀리 떼어 놓고 쏘아 맞혀야만 했다.

2회전에 나가게 된 열 명 중에는 신분을 알 수 없는 무사가 둘 끼어 있었다. 한 사람은 빨간 옷을 입은 무사로 애꾸눈에 수염이 덥수룩한 사내였고, 또 한 사람은 어수룩하기 짝이 없는 시골뜨기였다.

"혹시 저 두 놈 가운데 로빈 후드가 없는가?"

장관이 가까이 있는 한 병사에게 물었다.

"없습니다. 한 사람은 로빈보다 어깨가 좁고, 또 한 사람은 애꾸눈인데다가 수염이 갈색입니다."

장관은 매우 실망한 듯 긴 한숨을 내쉬었다.

"그놈이 내 계획을 눈치챈 거야. 생각보다 로빈이란 놈은 비겁한 겁쟁이군. 할 수 없지. 대회를 계속해라."

장관은 계획이 틀어졌다고 생각하니 활쏘기 대회에 흥미가 싹 없어졌다.

2회전에서 두 명의 무사가 남았다. 한 사람은 장관의 부하인 길버트였다. 다른 한 사람은 빨간 옷을 입은 애꾸눈에 갈색 수염이 덥수룩한 사내였다.

이제는 두 사람 중에 누가 우승을 하느냐만 남아 있었다. 과녁을 더 멀리 떼어 놓았다. 화살 세 개씩을 쏘아서 과녁 중앙에 많이 맞히는 사람이 우승자가 되는 경기였다.

"길버트, 잘해. 꼭 이겨야 한다!"

장관의 부하들이 주먹을 흔들며 소리쳤다.

구경꾼들도 주먹을 휘두르며 두 사람을 응원했다.

"애꾸눈, 파이팅!"

구경꾼들 중에서 이런 응원 소리도 들렸다.

두 무사가 활을 쏘기 시작했다. 화살이 날아갈 때마다 사람들은 숨을 죽였다.

길버트가 쏜 화살이 보기 좋게 과녁에 명중했다. 숨을 죽이고 있던 사람들이 한꺼번에 손뼉을 치며 소리를 질렀다.

"와, 길버트! 길버트! 잘한다, 길버트! 황금 화살은 바로 네 것이다!"

"그래, 역시 길버트지. 정말 기막힌 솜씨로군."

장관도 신이 나서 손뼉을 치며 소리를 질렀다.

다음으로 빨간 옷을 입은 애꾸눈 무사가 앞으로 나왔다. 그러자 구경꾼들 사이에서 웃음이 터져 나왔다.

"애꾸눈이 길버트의 상대라니, 정말 웃기는군. 빨간 옷, 그만둬라! 넌 길버트의 상대가 될 수 없어!"

장관의 부하 중 한 사람이 소리쳤다.

그 말에 사방에서 웃음이 터져 나왔다.

하지만 애꾸눈 궁수는 전혀 기죽지 않고 침착하게 활시위를 당겼다. 애꾸눈이 쏜 화살도 보란 듯이 과녁의 한가운데에 꽂혔다. 길버트가 쏜 화살보다 과녁의 중심에 더 가까웠다.

이번에도 구경꾼들 속에서 박수와 함성이 터졌다.

"애꾸눈 만세!"

"황금 화살을 내 건 대회라 그런지 정말 대단하군."

구경꾼들 입에서 탄성이 새어 나왔다.

화살 세 개씩을 모두 다 쏘았다. 애꾸눈의 화살은 세 개 모두 과녁의 중앙에 딱 붙어서 명중했다. 길버트의 화살도 중앙의 동그라미 안에 명중했지만 조금 흩어져 있었다.

결국 빨간 옷을 입은 애꾸눈이 우승자로 결정되었다.

"애꾸눈 만세! 빨간 옷 무사 만세!"

구경꾼들은 애꾸눈 무사에게 축하를 보냈다. 그의 놀라운 활 솜씨에 모두가 감탄했다.

대회를 개최한 장관은 벌레 씹은 얼굴이 되었지만 어쩔 수 없었다. 내키지 않지만 애꾸눈 무사에게 상으로 황금 화살을 수여할 수밖에 없었다.

"참으로 훌륭한 솜씨구나. 그대는 어디 사는 누구인가?"

"네, 시골에서 온 가난뱅이 잭이라고 합니다."

"여보게 잭, 그런 솜씨를 가지고 시골에서 썩는 것은 아깝지 않은가? 어때, 오늘부터 내 부하가 되지 않겠나?"

장관은 큰 선심이라도 쓰듯 거드름을 피우며 말했다.

"뜻은 고맙지만 사양하겠습니다. 저는 시골에서 조용히 사는 게 좋습니다."

애꾸눈 무사는 장관의 말을 정중하게 거절했다.

장관은 화가 났지만 어쩔 수 없었다.

황금 화살을 상으로 받은 애꾸눈은 구경꾼들 틈에 섞여 금방 어디론가 사라졌다.

그날 밤이었다. 장관은 수고한 부하들과 저녁을 먹으며 활쏘기 대회 이야기를 했다.

"그 빨간 옷을 입은 애꾸눈 무사 말이야. 그놈에게 내 부하가 되라고 했는데 거절하더군. 그런 놈에게 황금 화살을 빼앗기다니, 이건 우리의 수치야! 모두들 정신 바짝 차리고 활쏘기 훈련을 더 열심히 하도록 해! 알겠나?"

장관이 부하들에게 훈시를 하고 있는데 난데없이 화살 하나가 날아와 기둥에 탁 꽂혔다.

"웬 놈이냐?"

장관은 깜짝 놀라 벌떡 일어서며 고함을 질렀다. 아무리 둘러보아도 누가 쏜 것인지 찾을 수가 없었다.

부하가 화살을 뽑아 왔다. 화살에는 편지가 매달려 있었다.

장관은 급히 편지를 펼쳤다.

장관님,
황금 화살을 상으로 주셔서 진심으로 고맙습니다.
-셔우드 숲의 용사 로빈 후드-

편지를 읽은 장관은 머리가 핑 돌았다.

"아니, 이럴 수가! 그럼 그 애꾸눈이……."

장관은 입을 다물지 못한 채 편지를 확 구겨 버렸다. 손이 저

절로 부르르 떨렸다.

"장관님, 왜 그러십니까? 대체 뭐라고 씌어 있습니까?"

가까이 있던 부하들이 장관의 표정을 살피며 물었다.

하지만 장관은 한동안 손만 부들부들 떨며 아무 말도 못했다.
그러다가 겨우 울부짖듯 소리쳤다.

"보기 좋게 속고 말았어! 빨간 옷을 입은 애꾸눈 그놈이 바로
로빈 후드였어!"

"이런! 우리 모두가 놈에게 당하다니!"

"그렇게 놀라운 활 솜씨를 가진 놈은 그놈밖에 없을 텐데 그걸
몰랐으니, 정말 죄송합니다."

부하들도 고개를 떨구며 분을 삭이지 못했다.

빨간 옷을 입은 무사

약이 오른 장관의 부하들은 여러 차례 셔우드 숲으로 쳐들어 갔다.

로빈은 부하들에게 엄하게 명령했다.

"공격을 받아 위급해지기 전에는 절대로 병사들을 해치지 마라. 병사들이나 산림관을 죽이면 우리의 죄가 점점 더 무거워지고 그들의 증오심만 더욱 부채질할 뿐이다. 그러니 몸을 잘 숨기고, 그들이 제 풀에 지쳐서 돌아가도록 내버려 두어야 한다."

부하들은 셔우드 숲을 통과하는 귀족이나 신부, 돈 많은 상인들의 물건을 약탈하는 일도 자제했다. 가급적 원성을 사지 않으려고 노력했던 것이다.

장관의 부하들은 셔우드 숲을 손바닥처럼 꿰고 있는 숲 사람들의 그림자도 찾을 수가 없었다. 쳐들어갈 때마다 허탕만 치고 물러나야 했다. 시간이 흐를수록 장관의 토벌 작전도 점점 시들해졌다.

셔우드 숲이 다시 조용해졌다. 그런 어느 날이었다. 로빈은 부두목 리틀 존과 함께 바깥 사정도 살필 겸 사냥 길에 나섰다. 셔우드 숲 입구까지 간 로빈은 오솔길 쪽에서 무엇인가 움직이는 것을 발견했다.

그늘에 가려져 있었지만 분명히 사슴으로 보였다. 로빈은 재빨리 화살을 활시위에 걸었다.

"아니, 이런!"

활시위를 당기려던 로빈이 깜짝 놀라 신음 소리를 냈다.

"왜 그러십니까, 두목?"

"정말 큰일 날 뻔했어. 사슴인 줄 알고 죄 없는 사람에게 하마터면 화살을 날릴 뻔했군."

로빈은 활을 내리며 대답했다.

"저기 빨간 옷을 입은 놈 말이군요. 아주 멋지게 차려입었네요. 제법 돈깨나 지녔겠는데 저놈에게 통행세를 톡톡히 받아 내면 어떻겠습니까?"

그쪽을 한참 살펴보던 리틀 존이 말했다.

"그거 괜찮은 생각이군. 자네는 여기 남아 구경이나 하게. 내가 시비를 걸어 볼 테니까."

로빈은 젊은이가 오는 쪽으로 잽싸게 걸어가 말없이 그의 앞을 가로막았다.

"당신이 누군데 남의 길을 가로막는 거요? 난 바쁘니 어서 비키시오!"

젊은이는 조금도 당황하지 않고 로빈을 옆으로 밀치며 앞으로 나가려고 했다. 대부분의 사람들이 사람이 없는 숲길에서 그런 일을 당하면 놀라서 얼굴이 하얗게 질리거나 비명을 지르는데 이 젊은이는 전혀 그렇지 않았다. 담력이 보통 큰 젊은이가 아니었다.

로빈은 더욱 흥미가 끌렸다.

"이봐, 젊은이, 이 숲의 법을 모르는 모양인데 아무리 바빠도 통행세는 내고 가야지. 나에게 통행세를 내지 않으면 여기서 한 발짝도 더 못 간다 이 말이네."

젊은이는 어이없다는 듯 로빈을 빤히 올려다봤다. 역시 조금도 겁먹은 표정이 아니었다.

"그럼 당신은 길 가는 사람을 터는 도적이란 말이오?"

젊은이는 가소롭다는 듯 피식 웃으며 되물었다.

"말하자면 그렇다고 할 수 있지. 그러니 냉큼 주머니에 든 것을 모두 꺼내 놓고 지나가게."

"내 주머니엔 도적에게 줄 것은 아무것도 없다. 그러니 다치기 전에 썩 비켜라!"

젊은이는 말투까지 위압적으로 바뀌어 있었다.

"그렇다면 내가 확인을 해 봐야겠군."

로빈은 젊은이의 손을 잡고 주머니를 뒤지려고 했다.

"내 몸에 함부로 손대지 마라!"

젊은이는 크게 소리치며 뒤로 물러서더니 재빨리 칼을 빼 들었다. 생각보다 날쌘데다 여차하면 가만두지 않겠다는 결의를 내보이는 행동이었다.

"어라? 어린것이 제법 당차구나. 너야말로 괜히 다치고 싶지 않으면 그 칼 치우고 순순히 내 말을 따르는 게 좋을 거다."

로빈은 피식 웃으며 말했다.

"그건 내가 해 주고 싶은 말이다. 괜히 험한 꼴 당하지 말고 날 내버려 두는 것이 좋을 거다."

젊은이는 코웃음을 치듯 대꾸했다.

"끝내 내 말을 듣지 않고 목숨을 내놓겠다면 할 수 없군. 좋아,

네놈의 칼 쓰는 재주를 볼 수밖에!”

로빈도 칼을 빼 들었다.

“자, 덤벼라!”

젊은이는 번개처럼 잽싸게 칼을 휘두르며 치고 들어왔다. 정말 빨랐다. 칼 두 자루가 무섭게 번쩍거리며 부딪쳤다.

칼 다루는 실력은 둘 다 막상막하였다. 숨 막히는 칼싸움이 계속되었지만 승부가 나지 않았다.

그러다 로빈이 풀에 걸려 중심을 잃고 비틀거리는 사이에 청년이 휘두른 칼이 로빈의 이마를 스치고 지나갔다. 피가 뺨을 타고 주르륵 흘렀다. 눈 깜짝할 사이에 일어난, 정말 위험한 순간이었다.

“그만두지. 내가 졌네.”

로빈은 피가 흐르는 상처를 손바닥으로 막으며 말했다.

정말 어처구니가 없었지만 젊은이의 실력을 인정할 수밖에 없었다.

“이번에는 내가 상대해 주마!”

나무 뒤에서 두 사람의 칼싸움을 지켜보던 리틀 존이 칼을 빼 들고 달려 나오며 소리쳤다.

“존, 그만두게나. 우리 둘이 힘껏 싸웠네. 진 사람을 편들어

다시 싸운다면 그것은 셔우드 숲의 수치야!"

로빈이 손바닥으로 피를 닦으며 말렸다.

"이 피라미 같은 녀석이 밖에 나가면 셔우드 숲에서 로빈 후드와 싸워서 이겼다고 자랑할 게 아닙니까. 생각만 해도 화가 나서 견딜 수가 없다고요."

리틀 존이 가슴을 치며 큰 소리로 말했다.

"지금 뭐라고 했소? 이분이 로빈 후드라고요? 내가 왜 그걸 몰랐을까!"

젊은이는 몹시 놀란 듯 칼을 떨어뜨리며 중얼거렸다. 그러고는 달려와 로빈을 끌어안으며 소리쳤다.

"삼촌! 제가 바로 조카 윌 검벨이에요! 삼촌을 찾아 이곳까지 온 조카 윌 검벨이라고요."

"세상에! 네가 이렇게 컸단 말이냐? 어린아이로만 알고 있었는데 벌써 이렇게 컸구나!"

로빈은 한 손으로 윌을 껴안으며 소리쳤다.

"삼촌도 못 알아보고, 게다가 칼을 휘둘러 이렇게 다치게까지 했으니 이 일을 어쩌지요? 오오, 삼촌!"

윌 검벨이 울먹였다.

"네 검술이 삼촌보다 나은 것을 보여 줬는데 뭘 그러냐? 그런데 네가 이곳까지 무슨 일로 왔느냐?”

로빈은 무엇보다 그게 궁금했다.

“그게, 그러니까, 실수로 사람을 죽였어요. 못된 집사 놈이 할아버지가 남기신 재산을 아버지를 제쳐 놓고 모두 차지하려고 하잖아요. 그래서 싸우다가 한방 때렸는데 그만 죽어 버렸어요. 살인죄로 잡혀서 죽는 것보다 삼촌을 찾아오는 게 좋을 것 같아서 이렇게 왔어요. 삼촌, 정말 죄송해요. 삼촌도 몰라보고 함부로 덤비다 상처까지 낸 죄를 어쩌지요?”

“살짝 긁혔을 뿐이니 걱정할 것 없다. 집안에 그런 일이 있었다는 것도 모르고 내가 사람 노릇을 못하는구나! 아무튼 잘 왔다. 너는 빨간 옷을 입었으니 이제부터는 레드 윌이라고 불러야겠다.”

로빈은 레드 윌을 힘껏 껴안았다. 그러고는 리틀 존을 가리키며 말했다.

“레드 윌아, 이분은 이곳 셔우드 숲의 부두목인 리틀 존이시다. 인사 드려라.”

“처음 뵙겠습니다, 부두목님. 잘 가르쳐 주십시오.”

레드 윌이 공손하지만 씩씩하게 인사를 했다.

“레드 윌이라……. 참 좋은 이름을 선물 받았군그래. 자네처

럼 뛰어난 검객이 우리와 한솥밥을 먹게 되다니, 이거 영광이
네. 진심으로 환영하네."

리틀 존도 기쁜 듯 레드 윌의 손을 잡으며 큰 소리로 말했다.

그날부터 레드 윌은 로빈을 그림자처럼 따르는 용맹스럽고 뛰
어난 부하가 되었다. 그는 검술에만 능한 것이 아니라 활쏘기도
뛰어났다. 백발백중의 사슴 사냥 솜씨로 셔우드 숲에서 없어서
는 안 될 인물이 되었다.

말가죽 망토를 쓴 사나이

　그 즈음 국왕 헨리 2세는 몹시 화가 나 있었다. 셔우드 숲을 지나던 귀족이나 신부들이 로빈 후드 일당의 습격으로 가진 것을 모두 털리고 목숨까지 위태로웠다는 보고를 받았기 때문이었다. 왕은 습격을 당한 사람들이 권세를 이용해서 백성들을 괴롭히는 질이 나쁜 사람들이라는 것은 몰랐다.

　왕은 셔우드 숲을 관할하는 노팅엄의 장관을 질책하고, 하루빨리 로빈 일당을 잡아서 셔우드 숲을 안정시키라는 친서를 내렸다.

　장관은 부하들을 다시 들볶으며 토벌대를 직접 끌고 셔우드 숲을 뒤졌지만 아무 성과도 거두지 못했다. 결국 로빈의 목에

1. 로빈 후드의 목을
   베어 오면 300파운드
   를 주겠다.
2. 로빈 후드의 목을
   베어 올 용사는 자진
   신고하라.

-노팅엄
   장관-

더 많은 현상금을 건다는 방을 방방곡곡에 붙였다.

1. 로빈 후드의 목을 베어 오면 300파운드를 주겠다.
2. 로빈 후드의 목을 베어 올 용사는 자진 신고하라.

-노팅엄 장관-

방을 본 사람들 중에 빙그레 웃는 사나이가 있었다. 기스본 거리에 사는 가이라는 사나이였다. 가이는 칼도 잘 쓰고 활 솜씨도 대단한 기사였다. 그러나 성격이 난폭하고 술버릇이 나빠서 사람들은 모두 그를 멀리하고 싶어했다.

"상금 300파운드라, 거 괜찮은데. 이 상금은 내 것이다."

가이는 장관을 만나러 노팅엄으로 갔다. 그곳에는 이미 로빈의 목을 잘라 오겠다는 젊은 무사들이 여럿 와 있었다.

"장관님, 로빈은 숲에 익숙한 맹수입니다. 어디에서 무얼 하다가 왔는지도 모를 이런 떠돌이들을 함부로 보내서는 안 됩니다. 저를 먼저 보내 주십시오. 놈의 목을 따거나, 놈이 숨은 곳을 알아내어 그 도적의 사냥을 돕겠습니다."

그러자 젊은이들이 버럭 화를 냈다.

"당신이 뭔데 큰소리요? 그렇게 대단하다면 어디 나와 한번 겨뤄 봅시다.”

힘깨나 쓸 것 같은 젊은이의 말에 가이가 피식 웃었다.

“이봐, 괜히 잘난 체하지 않는 게 좋을 거야. 목숨이 두 개가 아니라면 말이야.”

“길고 짧은 건 겨뤄 봐야 아는 거지.”

젊은이가 앞으로 썩 나서며 칼을 뽑으려고 했다.

그러자 가이가 피식 웃으며 장관에게 말했다.

“장관님, 저자가 나를 믿지 못하는 모양인데 장관님이 보시는 앞에서 한번 겨뤄 봐도 되겠는지요? 새파랗게 젊은 친구를 죽일 수는 없으니까 목검으로 싸우는 걸 허락해 주십시오.”

장관도 그것이 좋겠다고 생각했다.

“그거 좋은 생각이군. 그럼 두 사람이 목검으로 실력을 겨루도록 하거라.”

두 사람은 장관과 장관의 부하들이 보는 앞에서 목검으로 검술 시합을 벌였다. 큰소리치던 젊은이는 가이의 상대가 되지 못했다. 단 몇 합 만에 젊은이는 가이의 목검에 가슴을 세게 찔려 뒤로 벌렁 나가떨어지고는 일어서지 못했다.

“어떤가? 또 나와 상대할 용사가 있거든 나와 보라고.”

가이가 씩 웃으며 젊은이들을 둘러보자 겁먹은 젊은이들이 슬

금슬금 꽁무니를 뺐다.

"장관님, 이만하면 상금 300파운드의 주인이 누구인지 아시겠지요? 제가 말씀 드린 대로 하시지요?"

"그러는 게 좋겠군. 그런데 자네는 어디 사는 누구인가?"

"기스본에 사는 가이라고 합니다. 기스본에서는 제 이름만 들어도 다들 꽁무니를 빼기 바쁘지요."

"알겠네. 그런데 로빈 후드는 칼만 잘 쓰는 게 아니라 활쏘기가 천하 명궁이야. 그런 자와 싸워 이길 자신이 있는가?"

"알고 있습니다. 저도 활쏘기에 자신이 있지만 놈이 활을 쏠 수 없는 위치까지 접근하는 것이 중요합니다. 저는 그 준비를 이미 해 놓았습니다."

"그런 준비를 했다고? 그게 뭔가?"

"놈의 목을 따러 셔우드 숲으로 토벌대를 움직일 때 보면 아시게 될 것입니다. 장관님의 부하들이 놈을 잡거나 죽일 수 있도록 본거지를 알아내 알려 드리겠습니다. 아니면 제가 직접 잡아 놈의 목을 따겠습니다."

"좋아. 그러면 가이, 자네만 믿겠네."

장관은 로빈 일당을 잡기 위한 토벌대를 꾸렸다. 부하 중에서 무예가 뛰어난 무사들이 모두 동원되었다.

가이는 장관이 이끄는 토벌대와 함께 셔우드 숲으로 들어가기 전 말가죽으로 만든 망토를 입었다. 망토에는 말갈기와 꼬리까지 그대로 달려 있었다.

가이는 꼭 뒷발로만 걷는 말 같았다.

"장관님은 조금 후에 토벌대를 이끌고 남쪽 길로 들어오십시오. 놈을 박살내거나 발견하면 이 뿔피리를 불겠습니다."

"알았네. 조심하게."

가이는 걱정 말라는 듯 손을 흔들더니 혼자 셔우드 숲으로 들어갔다.

그날 새벽 로빈은 이상한 꿈에 깜짝 놀라 눈을 떴다. 로빈은 아침 식사를 하면서 부하들에게 꿈 이야기를 했다.

"꿈에 이상한 기사와 싸워 내가 졌다네. 활까지 빼앗겼지. 혹시 오늘쯤 장관의 군대가 쳐들어오는 게 아닐까?"

리틀 존이 피식 웃었다.

"두목님도 개꿈을 꾸시는구려. 그 따위 것은 잊어버리고 산책이나 갑시다."

리틀 존은 대수롭지 않은 듯 말했다.

"하긴 그래. 그까짓 개꿈에 마음이 뒤숭숭해선 안 되지. 그래, 산책이나 하지."

식사를 끝낸 두 사람은 어깨를 나란히 하고 숲을 거닐었다. 로빈은 늘 가던 숲속의 빈터까지 갔을 때 걸음을 멈췄다. 괴상한 모습을 한 가이를 본 것이다.

"존, 저걸 보게. 저놈은 대체 사람인가 짐승인가?"

"괴상한 모습인데? 귀신은 아닐 테고……, 여기 계십시오. 제가 가서 알아보지요."

당장 뛰어나가려는 리틀 존을 로빈이 막아섰다.

"아무래도 꿈이 마음에 걸려. 저놈은 내가 상대할 테니, 자네는 빨리 숲으로 가서 레드 월과 매치를 데리고 와."

리틀 존은 로빈을 남겨 두고 숲속의 본부로 걸음을 옮겼다. 한참을 가고 있는데 멀리서 숲 사람들의 고함 소리가 들려왔다.

"이거 예사로운 일이 아닌데? 두목의 꿈 이야기가 맞나 보군."

리틀 존은 아우성이 들려오는 쪽으로 급히 달려갔다. 숲속 친구 7, 8명이 광장 쪽으로 도망치고 있었다. 리틀 존이 데리러 가는 레드 월과 매치도 쫓기고 있었다. 장관이 거느린 백여 명의 군대가 그 뒤를 쫓고 있었다.

로빈의 짐작대로 노팅엄의 군대가 쳐들어온 것이었다. 쫓기던 숲속 친구 몇 명이 장관의 병사들이 쏜 화살에 맞아 광장에 나뒹굴었다.

"앗! 큰일이구나. 저놈들을 그냥……."

리틀 존은 이를 부드득 갈며 활을 당겼다.

레드 윌을 덮치려던 병사가 화살을 맞고 쓰러졌다. 병사들은 일제히 리틀 존을 공격했다. 리틀 존은 칼을 뽑을 틈도 없어 맨주먹으로 그들을 때려눕혔다.

그 사이 더 많은 병사들이 리틀 존을 에워쌌다. 혼자 힘으로는 당할 수 없는 수였다. 리틀 존은 결국 병사들에게 붙잡혀 굵은 끈으로 온몸이 꽁꽁 묶였다.

"한 놈 잡았으니 오늘 사냥은 성공이다. 그놈을 저 참나무에 묶어라. 끌고 가서 교수대로 보내!"

리틀 존이 부두목인 줄 모르는 장관은 병사들에게 이렇게 명령했다.

한편 리틀 존을 숲으로 보낸 뒤 로빈은 괴상한 놈 쪽으로 살금살금 다가갔다. 괴상한 놈은 말가죽을 뒤집어 쓴 키다리 사나이였다. 그 사나이가 칼과 활을 갖고 있는 것이 예사롭지 않았다.

"안녕하십니까? 누군가 했더니 기사님이시군요. 그런 모습으로 이 숲에는 어쩐 일이십니까?"

로빈은 키다리 사나이에게 다가서며 조심스럽게 말을 걸었다.

"아, 길을 잃고 헤매는 중이오. 숲이 워낙 우거져서 말이오."

“숲에 잘못 들어오면 그렇게 되지요. 제가 길을 안내할까요?”

“고맙군. 그런데 이 숲에 산다는 로빈을 만나게 해 줄 수는 없을까?”

“로빈이라고요? 기사님 같으신 분이 그런 애송이는 만나서 무얼 하시게요?”

“전부터 그를 만나려고 벼르고 있었거든. 그가 어디 있는지 알면 만나게 해 주시오.”

로빈은 그가 소문으로 듣던 기스본의 가이라는 것을 곧 눈치챘다. 가이는 무술은 뛰어나지만 성질이 고약하고 행동이 거칠며 비겁한 사내로 널리 알려져 있었다. 그런 사내가 말가죽으로 변장을 하고 숲에 나타난 것은 분명 나쁜 짓을 하려고 온 것이 분명했다.

“나는 그를 잘 압니다. 만나게 해 주지요. 그런데 그를 만나서 무얼 하시려고 그러십니까?”

사나이는 말 대가리를 끄덕거리며 자랑스럽게 말했다.

“내가 그놈을 잡아 놓고 뿔피리를 불면 장관이 토벌대를 이끌고 달려오게 되어 있소. 많은 상금을 가지고 말이오. 물론 당신에게도 안내한 값으로 금화 한 닢 정도는 주지. 어서 놈이 있는 곳으로 안내하시오.”

로빈은 번쩍이는 눈으로 가이를 쏘아보며 큰 소리로
외쳤다.

"야, 기스본의 가이! 네가 잡으려는 로빈이 바로 나다.
내가 그 반역의 두목이란 말이다. 네놈이 감히 나를
잡겠다고?"

가이는 역시 비겁했다. 로빈의 말이 끝나기도 전에
칼을 뽑아 로빈을 찔렀다. 번개같이 빨랐다.

하지만 로빈은 재빨리 칼을 피했다. 자칫하면 큰일
날 뻔했지만 다행히 무사했다.

"이 비겁한 놈, 칼을 가졌으면 기사답게 써야지. 자!
내가 기사의 바른길을 가르쳐 줄 테니 덤벼라!"

로빈의 칼이 번개처럼 가이의 눈앞을 스쳐 지나갔다.
단번에 죽일 수도 있었다.

"그래? 네가 아직 내 칼 솜씨를 모르는구나. 단번에
네 목을 따 줄 테다."

가이도 큰소리를 치며 달려들었다. 마치 폭풍이 몰아
치는 것 같았다. 하지만 로빈은 가볍게 피했다. 뒤로
물러나는 척하다가 재빨리 공격했다.

"어때? 몸을 다치면 너만 손해야. 그만두시지."

“너야말로 항복하고 교수대로 가는 것이 좋을 거야.”

이렇게 큰소리치던 가이는 발이 미끄러지며 쿵 하고 엉덩방아를 찧고 쓰러졌다. 단번에 놈의 가슴을 찔러 싸움을 끝낼 수도 있었다. 그러나 로빈은 가이를 공격하던 칼을 거두고는 가이가 일어나기를 기다렸다.

“이봐, 좋은 말로 타이를 때 항복하는 게 어때? 다시 덤비면 용서하지 않을 거야.”

로빈이 달래듯 말했다. 뛰어난 무사를 죽이고 싶지 않아서였다. 가능하면 리틀 존처럼 숲의 식구로 거두고 싶었다.

“흥! 네놈은 실수한 거야. 나는 네놈의 목에 걸린 300파운드가 필요한 사람이야!”

정신을 차리고 벌떡 일어선 가이가 다시 칼을 휘두르며 싸움을 시작했다. 싸움은 어느 쪽이 이길지 예측할 수 없을 정도로 치열했다. 그러나 기스본에서 제일가는 검객 가이도 로빈의 상대는 못 되었다. 결국 로빈의 칼에 가슴을 깊이 찔려 쓰러지고 말았다.

“좋은 말로 타이를 때 무릎을 꿇었어야지!”

로빈은 숨이 끊어진 가이를 내려다보며 말했다.

가이로 변장하고

로빈은 숨이 끊어진 가이의 말가죽 망토를 벗겼다. 가이의 시체를 풀숲에 숨긴 뒤 가이처럼 말가죽 망토를 걸치고 뿔피리도 빼 들었다.

"이렇게 하면 장관의 부하들도 나를 기스본의 가이로 알겠지. 고맙네, 친구."

로빈은 숲속의 본부를 향해 달려갔다. 얼마 가지 않아 광장 쪽에서 아우성이 들려왔다.

"장관의 병사들이 몰려온 모양이군. 일단 형편을 살펴보고 작전을 짜야겠다."

로빈은 날듯이 언덕으로 올라갔다. 광장이 손에 잡힐 듯 한눈에 내려다보였다. 숲의 친구들이 도망치고 있었다. 그 뒤를 장관의 병사들이 토끼를 쫓는 사냥개처럼 몰려갔다. 그 속에는 레드 윌과 매치도 있었다. 또한 생쥐처럼 눈치 빠른 아라나델도 보였다.

광장 한쪽 참나무에는 덩치가 큰 사나이가 묶여 있었다. 얼핏 보아도 리틀 존임을 알 수 있었다.

"앗! 리틀 존이 붙잡혔구나!"

로빈은 기가 막혔다.

창을 든 병사들이 리틀 존의 주위를 지켰다. 혼자서 그 많은 병사를 상대하는 것은 섶을 지고 불로 뛰어드는 격이었다.

그때 한 병사가 무엇 때문인지 창으로 리틀 존을 찌르려 했다. 로빈은 급히 뿔피리를 불었다.

병사들은 모두 로빈이 서 있는 언덕을 쳐다보았다.

"만세! 드디어 기스본의 가이가 로빈을 잡았다!"

장관이 말가죽을 뒤집어쓴 로빈을 보더니 소리쳤다.

로빈은 장관 쪽으로 급히 걸어갔다.

"이봐! 로빈 후드는 어떻게 했어?"

장관이 숨을 헐떡이며 물었다.

"그 도적놈 두목의 시체는 저쪽 나무 밑에 놓아두었습니다."

말가죽 망토를 뒤집어쓴 로빈은 가이처럼 대답했다.

"역시 자네는 듣던 대로군. 혼자서 로빈 후드를 해치우다니 대단해! 약속대로 로빈을 잡은 상금을 주지."

장관은 말가죽 망토를 쓴 로빈에게 말했다.

"상금보다 저기 참나무에 묶여 있는 놈을 내 손으로 처치하게 해 주십시오. 저놈은 숲의 부두목으로 리틀 존이라는 무서운 악당입니다."

장관은 놀라서 입을 딱 벌리고 리틀 존을 바라보았다.

"뭐! 저놈이 그 유명한 리틀 존이라고? 저놈은 어차피 교수대로 갈 놈이니 자네가 죽일 필요가 없네."

장관이 뜻밖의 수확에 들뜬 듯 대꾸했다.

"제가 로빈을 처치했으니 부두목까지 한꺼번에 처리하고 싶습니다. 저놈을 처치하도록 허락하신다면 상금 300파운드는 장관님께 양보하겠습니다."

로빈은 어깨를 으쓱해 보이며 말했다.

장관은 고개를 갸웃거렸다. 가이는 성질이 고약한데다가 욕심도 많고 인색한 사람이라고 알고 있었다. 그런 가이가 300파운드나 되는 상금을 양보하겠다니 믿을 수가 없었다. 그러다 문득 명예심 때문에 그럴 수도 있겠다는 생각이 들었다.

‘저 녀석의 명예심을 지켜 주고, 상금은 내가 갖는 것도 나쁘지는 않겠다.’

욕심 많은 장관은 이렇게 생각했다.

“자네 생각이 정 그렇다면 그러지 뭐. 저놈의 목은 자네에게 맡기겠네.”

장관은 선심이라도 쓰듯 말했다.

“감사합니다. 힘깨나 쓸 것 같은 놈인데, 저런 놈의 목을 벤다면 내 칼도 좋은 반응이 있겠습니다.”

로빈은 장관과 병사들을 물러서게 하고 리틀 존에게 다가갔다. 리틀 존은 칼을 빼 들고 다가오는 말가죽 사나이를 노려보았다.

“리틀 존, 네놈도 이제 마지막이다.”

리틀 존은 목소리의 주인공이 로빈임을 알고 깜짝 놀랐다.

로빈은 번개처럼 칼을 휘둘러 리틀 존을 묶은 끈을 눈 깜짝할 새에 잘랐다. 그리고 재빠르게 활과 화살을 리틀 존에게 던져 주었다.

“존, 널 묶었던 놈들에게 복수해!”

로빈은 망토 속에 감추어 온 다른 활을 꺼내어 화살을 날렸다. 로빈과 리틀 존이 번개처럼 날리는 화살에 장관 곁을 지키던 병사들이 썩은 수숫대처럼 쓰러졌다. 쫓기던 셔우드 숲속의 친구들도 어느새 달려와 공격에 가세했다.

"앗! 저놈이 로빈 후드다. 모두 도망쳐라!"

화들짝 놀란 장관은 비명을 지르며 말에 올라 도망치기 시작했다. 살아남은 병사들도 다리야 날 살려라 하며 다투어 달아나기 바빴다.

"그냥 가면 안 되지. 내 화살을 선물로 주겠다. 자, 받아라!"

리틀 존이 말을 타고 달아나는 장관을 향해 화살을 날렸다. 화살은 날카로운 소리를 내며 장관의 어깨에 박혔다.

그러나 장관은 말에서 떨어지지 않고 화살이 닿을 수 있는 거리를 벗어났다. 로빈의 부하들이 뒤쫓으려고 했다.

"더 쫓지 마! 이만하면 됐다."

로빈이 말했다.

"왜 쫓지 말라는 거예요? 저놈들은 두목님과 우리를 죽이러 온 놈들이니 살려 보낼 수 없어요!"

레드 윌이 분을 삭이지 못하고 씩씩거리며 항의했다.

"도망치는 놈들을 죽이면 더 큰 저항을 불러오게 돼. 우리는 우리의 안전만 지키면 되는 거야."

로빈이 레드 윌의 어깨를 툭 치며 말했다.

"내가 큰 죄를 지었소. 대장의 꿈이 경고를 했는데 그것도 모르고 내가 개꿈이라고 해서 이런 재앙을 불러오게 되었으니 말이오. 게다가 멍청하게 붙잡혀 죽게 된 나를 구해 줘서 고맙소, 두목! 오늘부터 이 리틀 존의 목숨은 대장의 것이오. 대장을 위해서라면 목숨도 바치리다."

리틀 존이 고개를 숙이며 로빈에게 사과와 함께 감사의 말을 했다.

"그런 소리 말게. 우리는 죽어도 같이 죽고, 살아도 같이 사는 한식구가 아닌가! 죽은 식구들을 좋은 자리에 묻어 주고, 병사들의 시체도 숲 입구에 내놓아 산림관들이 가져다 장례를 치를 수 있도록 하자고."

로빈은 토벌군과의 싸움을 승리로 이끈 두목답게 리틀 존에게 뒤처리를 잘하라는 명령을 내렸다.

그날 저녁 로빈은 부하들을 모두 모아 놓고 앞으로의 일을 의논했다.

"이번 싸움으로 우리 본부의 위치가 밝혀졌다. 그러니 오늘 쫓겨 간 장관이 복수를 하려고 계속 군사들과 산림관을 보내 공격할 것이다.

당장 내일부터 본부를 더 깊고 안전한 곳으로 옮기는 작업을 시작하겠다. 존은 날랜 부하들 여남은 명을 이끌고 깊은 숲속을 훑으며 우리 식구들이 안전하게 살 수 있는 장소를 알아보도록 하게."

"알았소, 두목! 이 숲속에 숨겨진 낙원을 찾아보리다."

"그리고 또 있네. 앞으로 이동할 때는 반드시 두 사람 이상이 같이 움직이도록 하고, 토벌대나 산림관의 눈에 띄지 않게 몸을 숨기며 이동하도록 한다. 그리고 혹시 장관의 군대나 산림관들이 오는지 매일 조를 짜서 숲 입구까지 감시하도록!"

"알았습니다!"

부하들이 큰 소리로 대답했다.

장관을 포로로 잡다

로빈을 잡으려다가 도리어 어깨에 큰 부상만 당한 장관은 이를 갈며 끙끙 앓았다. 잡았던 부두목도 놓치고, 열 명도 넘는 부하들이 죽었다. 게다가 믿을 만한 가이까지 잃어서 울화통이 터져 견딜 수가 없었다.

"내 기어코 도적 두목 로빈을 교수대에 매달고 말겠다. 이제 본부가 어디인지도 알았으니 놈들의 최후도 멀지 않았어."

화살에 맞은 어깨를 치료 받으면서도 장관은 이를 갈았다.

다시 병사들을 숲으로 보내 숲 사람들의 모습을 탐문해 오도록 했다.

"놈들을 한 놈이라도 붙잡아 와. 내게 상처를 입힌 복수를 해야지. 단 한 놈이라도 단두대에 목을 매달아야 한단 말이다.”

장관은 날마다 군사들을 셔우드 숲으로 보내면서 무섭게 닦달했다. 그러나 숲속의 지리를 손바닥 들여다보듯 잘 아는 로빈의 부하들은 모두 어디로 숨어 버렸는지 그림자도 찾을 수 없었다.

병사들은 하루 종일 숲속을 헤매다가 제풀에 지쳐서 녹초가 된 채 돌아오곤 했다.

“에이, 바보 같은 놈들! 네놈들을 믿고 대체 무슨 일을 할 수 있단 말이냐!”

허탕을 치고 돌아오는 군사들을 볼 때마다 장관은 무섭게 꾸짖었다. 장관은 머리를 싸매고 끙끙 앓았다. 로빈 하나를 처치하지 못해 하루도 마음 편할 날이 없었다.

그러던 어느 날, 레이놀드라는 무사가 도적의 두목을 처치하겠다면서 장관을 찾아왔다. 큰 키에 단단한 몸매, 사람을 압도하는 듯한 매서운 눈과 도사처럼 기른 긴 수염이 온통 얼굴을 뒤덮은 사나이였다.

척 보기만 해도 보통 무사가 아님을 알 수 있었지만 장관은 일부러 별로 흥미가 당기지 않는다는 듯한 표정으로 입을 열었다.

“로빈 후드는 천하제일의 명궁이고, 검술 또한 일당백인데 자네가 무슨 재주로 그를 처치하겠다는 것인가?”

"저도 로빈 후드에 대한 소문은 들어서 다 압니다. 그렇지만 놈은 절대로 제 상대는 못 됩니다."

무사가 큰소리를 탕 쳤다.

"말이야 쉽지. 그렇지만 자네가 과연 그만한 힘과 무예를 가졌다는 것을 어찌 믿는단 말인가?"

장관은 여전히 믿지 못하겠다는 듯 말했다.

"장관님의 부하 중에서 제일 뛰어난 궁사와 검객을 뽑아 저와 겨루게 하십시오. 그러면 제 실력을 직접 확인하실 수 있지 않겠습니까?"

"좋아, 그렇게 하지. 진검으로 싸우면 죽을 수도 있으니 목검으로 실력을 보여 봐."

먼저 활쏘기 시합부터 시작했다. 장관의 부하 중에서 레이놀드와 실력을 겨루게 된 궁사는 지난번 활쏘기 대회에서 로빈에게 아깝게 져서 2등을 했던 로버트였다.

100미터도 더 떨어진 곳에 놓인 과녁을 향해 한 사람이 세 발씩을 쏘아 승패를 가리도록 했다.

먼저 로버트가 사선에 섰다.

"로버트, 이겨라! 로버트, 이겨라!"

장관의 부하들이 응원의 함성을 질렀다.

로버트는 자신 있다는 듯 빙긋 웃고는 화살을 시위에 먹여 힘껏 잡아당겼다.

모두들 숨을 죽였다. 쌩하고 바람 소리를 내며 날아간 화살이 정확히 과녁 한가운데에 꽂혔다.

“와아! 와아!”

함성이 터졌다. 역시 일등 사수 로버트였다.

다음은 레이놀드 차례였다. 레이놀드는 전혀 기죽지 않은 당당한 표정으로 사선에 나서더니 거침없이 활시위를 당겼다. 레이놀드가 쏜 화살도 정확하게 과녁의 중앙에 가서 꽂혔다.

“대단한걸. 누구 화살이 정중앙에 꽂혔는지 모르겠군.”

장관의 부하들 속에서 소곤거림이 새어 나왔다.

두 사람이 쏜 여섯 발의 화살은 어느 한 발도 과녁 정중앙에 까맣게 칠해진 원을 벗어나지 않았다.

“과연 명궁이다! 놀라운 실력이구나.”

장관의 입에서도 감탄이 터져 나왔다.

하지만 목검으로 겨룬 검술 경기는 단 몇 합 만에 싱겁게 끝나 버렸다.

레이놀드의 목검을 맞고 쓰러진 상대가 마치 진검에 베인 사람처럼 일어서지도 못했기 때문이다.

장관과 부하들은 번개처럼 빠른 레이놀드의 검술에 입을 다물지 못했다.

"과연 최고의 무사로군! 그 실력으로 로빈 후드만 잡아 없앤다면 자네는 평생 호강할 수 있네. 월급도 최고로 많이 주겠네."

장관은 레이놀드에게 로빈을 잡는 모든 책임을 맡겼다.

레이놀드는 늘 빈둥거리며 먹고 놀기만 했다. 오직 로빈을 잡기 위한 작전만 궁리하면 되었기 때문에 다른 할 일은 없었다. 장관의 특별 무사여서 아무도 그를 간섭하지 않았다.

장관이 부하들을 이끌고 사냥을 떠난 날이었다. 늦잠을 잔 레이놀드는 장관의 식탁에 차려진 맛있는 요리를 순식간에 다 먹어 치웠다. 장관이 사냥에서 돌아와 먹을 요리였는데 말이다.

그걸 본 요리사가 불같이 화를 내며 소리쳤다.

"이 무례한 놈! 아무리 장관님의 사랑이 두텁다고 해도 어떻게 이럴 수가 있냐!"

요리사는 벽에 걸려 있는 칼을 뽑아 들었다.

"네놈을 도저히 용서할 수 없다! 내 칼을 받아라!"

화들짝 놀란 레이놀드도 칼을 뽑아 요리사의 공격을 막을 수밖에 없었다. 요리사의 칼 솜씨는 보통이 아니었다. 훌륭한 무사인 레이놀드도 그 칼을 피하느라고 땀을 뻘뻘 흘려야 했다.

요리사와 레이놀드의 싸움은 좀처럼 끝나지 않았다.

둘 다 지치자, 레이놀드가 칼을 거두며 말했다.

"여보게, 우리 그만하세. 자네 칼 솜씨는 정말 놀랍군. 그런 솜씨를 가지고 요리사로 썩고 있다니 자네 칼이 울겠어."

레이놀드가 정말 뜻밖이라는 표정으로 요리사를 칭찬했다.

"나도 이 일이 좋아서 하는 게 아니라네. 내 칼 솜씨를 알아주는 사람이 없으니 이러고 있을 뿐이지."

"그럼 내가 받드는 우리 주인을 소개해 줄까? 자네 정도면 무척 반가워할 걸세."

"자네 주인은 장관님 아닌가. 아니, 설마 다른 주인이 있단 말인가?"

"쉿! 실은 숲의 두목 로빈 후드가 내 주인이네. 난 부두목 리틀 존이라네."

요리사는 깜짝 놀랐다. 레이놀드가 로빈 후드의 부하 리틀 존이라니 믿을 수가 없었다.

"세상에, 이럴 수가!"

요리사는 뒷말을 잇지 못하고 레이놀드를 뚫어지게 쳐다보았다. 요리사도 마음속으로는 로빈을 존경하고 좋아했다.

"나는 우리 두목과 숲의 친구들을 보호하기 위해서 이곳 사정을 살피려고 일부러 장관의 부하가 된 것이라네.”

레이놀드의 이야기를 듣고서야 요리사는 그가 정말 리틀 존이
라는 것을 믿었다.

“좋아! 나도 셔우드 숲에 있는 자네들 편이 되겠네.”

두 사람은 장관이 아끼는 금 접시, 은 쟁반 등 값진 집기를 몽
땅 털어 자루에 담았다.

“이것은 원래 백성들의 재물이었으니 나중에 주인에게 돌려주
자고.”

둘은 집기가 든 자루를 챙겨 들고 노팅엄을 떠나 셔우드 숲으
로 사라졌다.

리틀 존이 무사히 돌아오자 로빈은 몹시 반가웠다. 더구나 칼
솜씨가 뛰어난 요리사까지 데리고 와서 더욱 기뻤다. 하지만 장
관이 아끼는 물건들을 훔쳐 온 것은 언짢게 생각했다.

“리틀 존, 요리사를 데리고 온 것은 좋지만 이런 것을 훔쳐 온
것은 잘못이네. 우리는 좀도둑이 아니잖나.”

“두목, 훔친 게 아니오. 이것은 요리사가 받을 월급 대신 갖고
온 것이오. 하지만 나중에 이 물건들을 장관에게 빼앗긴 진짜
주인이 나타나면 그때는 돌려줄 생각이란 말이오. 믿지 못하겠
으면 장관을 데리고 와서 증명해 보이지요.”

리틀 존은 바람처럼 어디론가 사라져 버렸다. 로빈이 말릴 새도 없었다.

"거참, 성질 한번 고약하군. 장관을 어떻게 데리고 온다는 건지 원!"

로빈 후드는 껄껄 웃었다.

한참 후였다. 장관 일행이 사냥하는 숲에 리틀 존이 나타났다. 그는 장관이 어디로 사냥을 떠나는지 간밤에 들어서 알고 있었던 것이다.

"장관님, 사냥은 많이 하셨습니까?"

장관은 뜻밖에도 레이놀드가 나타나자 무척 반가웠다.

"오, 레이놀드 아닌가? 자네 마침 잘 왔네. 아직 한 마리도 못 잡았지 뭔가."

"그럼 제가 사슴이 있는 곳으로 안내해 드리죠. 오는 길에 사슴 떼를 보았거든요."

"뭐? 사슴 떼를 보았다고?"

"예, 저만 따라오십시오."

레이놀드는 벌써 저만큼 걸어가고 있었다.

장관은 말을 타고 그를 따라갔다.

빽빽한 숲을 지나자 넓은 광장이 나타났다. 그러나 사슴은 한

마리도 보이지 않았다.

"사슴은 어디 있느냐?"

"저기 있습니다. 아주 큰 사슴이지요."

광장 저쪽에는 푸른 옷을 입은 로빈이 서 있었다.

로빈은 화를 내며 사라진 리틀 존을 찾아 나선 길이었다.

장관은 그제야 속은 것을 알고 깜짝 놀라 급히 칼을 뽑았다.

그 순간 로빈이 허리에 차고 있던 뿔피리를 불었다. 그러자 수
많은 로빈의 부하들이 칼을 뽑아들고 나타나 순식간에 장관을
에워쌌다.

“음, 레이놀드, 네놈이 나를 배신했구나!”

“장관님, 나는 레이놀드가 아니라 리틀 존입니다. 당신이 얼마나 나쁜 짓을 많이 했나 조사하려고 잠시 속였지요.”

리틀 존은 얼굴을 덮고 있던 가짜 수염을 뜯어 버리며 말했다. 장관의 얼굴이 하얗게 질렸다.

“잘 오셨습니다, 장관님. 정성껏 모시겠습니다.”

장관은 포로가 되어 숲속 사람들이 사는 곳으로 끌려갔다. 그곳에서는 자기 요리사가 음식을 만들고 있었다.

“장관님을 모시려고 장관님의 요리사까지 초대했답니다. 비록 보잘것없는 음식이지만 장관님의 요리사가 만든 음식이니 입에 맞으실 것입니다.”

로빈이 웃으며 말했다.

장관은 기가 막혔다. 더구나 자기가 아끼던 금 접시, 은 쟁반 등 값진 그릇에 음식이 담겨 나오는 것을 보고는 그만 할 말을 잃었다.

장관은 사냥을 하느라고 몹시 배가 고팠지만 음식이 목에 걸려 넘어가지 않았다.

“이제 나를 어떻게 할 작정인가?”

장관이 로빈에게 물었다.

“앞으로는 백성들을 사랑하는 장관이 되겠다고 진정으로 약속을 하시면 살려 보내 드리지요.”

“그게 정말인가? 그 약속만 하면 정말 살려 주겠는가?”

로빈은 부들부들 떠는 장관에게 다시 말했다.

“아, 한 가지 더 있습니다. 앞으로는 숲속 사람들을 괴롭히지 않아야 합니다.”

“그러겠네. 절대 괴롭히지 않겠네. 내 약속하지!”

장관이 얼른 대답했다.

“그리고 또 하나, 요리사의 월급으로 이 금 접시나 은 쟁반들을 가져온 거라던데 사실입니까?”

장관은 상에 놓여 있는 그릇들을 보며 얼굴을 찡그렸다.

그게 아니라고 했다가는 무슨 일이 일어날지 모르니 고개를 끄덕일 수밖에 없었다.

“좋습니다. 그럼 노팅엄으로 돌아가십시오. 가서 백성을 사랑하는 훌륭한 장관님이 되십시오.”

장관이 냉큼 말을 타고 돌아가려고 하자 로빈이 불러 세웠다.

“장관님, 대접을 받고 그냥 가시면 어쩝니까? 밥값은 내고 가셔야지요.”

“밥값이라고? 그래, 그게 얼마인가?”

장관은 짜증이 확 났지만 꾹 참고 웃으며 물었다.

"300파운드입니다. 좀 비싸다고 생각하시겠지만 숲속이라 할 수 없습니다."

장관은 지갑을 톡톡 털어서 300파운드를 내놓았다.

"됐습니다. 이제 가십시오, 장관님. 오늘 한 약속을 잊으시면 절대 안 됩니다."

로빈은 싱글벙글 웃으며 손을 흔들었다.

장관은 급히 말을 몰아 허둥지둥 숲을 빠져나갔다. 그의 뒤를 숲속 사람들의 유쾌한 웃음소리가 따라갔다.

로빈에게 간 마리안

로빈이 집을 떠난 지도 5년이 되었다. 그 사이 로빈의 어릴 적 친구 마리안은 부모를 잃고 고아가 되었다.

마을의 친척 아저씨 댁에서 살게 되었지만 너무 외로웠다. 마리안은 지난날 로빈과 거닐던 숲으로 갔다. 커다란 참나무에는 로빈의 화살 자국이 아직도 뚜렷했다.

"마리안, 2년 만 참아 줘. 반드시 왕의 훌륭한 근위병이 되어 돌아올 테니."

떠날 때 했던 로빈의 말이 귀에 들리는 듯했다.

아직 로빈은 돌아오지 않았다. 그동안 샘가의 노란 금조만 다섯 번이나 금빛 날개를 펼쳤다가 접었다.

‘로빈도 노르만족에게 쫓겨 다니다가 결국 잘못되었나 봐. 약속한 2년이 훌쩍 지났는데 아직도 오지 않는 것을 보면…….’

이런 생각이 들면 너무 슬펐다. 그런데다가 이상한 소문까지 마리안의 마음을 더욱 어지럽혔다.

　-로빈 후드는 반역자의 두목이 되었다.
　-로빈 후드가 왕의 군대를 무찔렀다.
　-로빈 후드가 노르만의 귀족을 혼냈다.

이런 소문을 들을 때마다 마리안은 여러 가지 생각으로 갈피를 잡지 못했다.

　-로빈 후드가 활쏘기 대회에서 우승했다.
　-로빈 후드가 장관을 포로로 잡았다가 살려 줬다.
　-로빈 후드는 색슨족의 자랑스러운 영웅이다.

마을을 지나가는 나그네들은 하나같이 어디에서 들은 로빈의 이야기를 자랑스럽게 전해 주곤 했다.

마을 사람들은 그런 소문을 듣는 것이 큰 기쁨이고 희망이었다. 마리안은 소문의 주인공이 왕의 근위병이 되겠다며 떠난 로빈이 틀림없다고 믿었다.

때때로 산림관이 마을로 와서 로빈에 대해 조사해 가기도 했다. 마리안의 친척 아저씨는 말이 없고 고집이 센 노인이었다. 집 안은 늘 썰렁했다. 하지만 아저씨의 젊은 하인인 세발트는 명랑하고 씩씩했다. 그는 어렸을 때 로빈과 친구처럼 다정하게 지냈던 사이였다. 마리안에게는 그가 큰 위로가 되었다.

마리안이 세발트에게 말했다.

"세발트, 난 꼭 로빈을 찾아 셔우드 숲으로 갈 거야. 그때를 대비해서 활쏘기와 칼 쓰기 연습도 하고 있어."

"나도 언젠가는 로빈을 찾아 숲으로 갈 거예요. 거기 가서 로빈과 같이 살고 싶어요."

"만약 세발트가 나보다 먼저 숲으로 가서 로빈을 만나면 나를 데리러 온다고 약속할 수 있어?"

"그럼요, 약속하지요. 꼭 모시러 오겠습니다."

마리안은 빨리 그렇게 되기를 빌었다.

하루는 마리안이 로빈을 생각하며 마을 근처의 숲을 거닐고 있었다. 그런데 산림관 세 사람이 죽은 사슴을 가운데 놓고 떠들고 있었다.

그들은 때마침 그곳을 지나는 마리안을 불러 세웠다.

"아가씨, 이 마을에 살지? 이리 와 봐."

산림관들의 말투는 험악했다.

마치 무슨 죄인이라도 다루듯 눈까지 부라렸다.

"무슨 일이세요? 어머, 사슴을 잡았군요."

마리안은 기분이 나빴지만 거부할 수도 없어 가까이 다가가며 말했다.

"잡은 게 아니라 누가 죽인 거야. 이 화살을 잘 봐. 누구 것인지 알 수 있겠어?"

꿩 깃이 달린 화살이 사슴의 배에 꽂혀 있었다.

마리안은 깜짝 놀라 침을 꼴깍 삼켰다. 며칠 전에 세발트가 꿩 깃이 달린 화살을 손질하는 것을 보았기 때문이다.

"누가 이런 화살을 쓰는지 너는 알지? 왕의 사슴을 죽인 자는 큰 벌을 받게 된다. 누구 화살인지 어서 말해!"

"그걸 제가 어떻게 알아요? 그리고 이 사슴이 왕의 사슴인지는 어떻게 알죠?"

"지금 그런 걸 따지자는 게 아니야. 우리는 화살을 증거로 사슴을 죽인 범인을 찾으려는 거지. 너는 이 마을에 사니까 알 거 아니야!"

산림관은 눈을 부라리며 소리쳤다.

"저는 몰라요. 활을 만져 본 일도 없는 여자가 어떻게 그런 것을 알겠어요?"

마리안은 고개를 저으며 대꾸했다. 가슴이 쿵쿵 세게 뛰었지만 태연한 척하려고 애를 썼다.

"이봐 아가씨, 거짓말하면 큰 벌을 받게 돼! 그래도 정말 모르겠다는 거야?"

산림관은 엄포를 놓았다.

"아무리 그래도 모르는 걸 안다고 할 수는 없잖아요."

마리안은 산림관을 똑바로 쳐다보며 말했다.

"됐어. 그럼 가 봐. 나중에 거짓말한 것이 들통 나면 감옥에 갈 줄 알아."

마리안은 두근거리는 가슴을 누르며 마을로 돌아왔다. 돌아오는 내내 세발트가 걱정되었다.

왕의 사슴을 죽인 사람은 두 귀를 자른다는데 어쩌자고 그런 끔찍한 일을 했는지 알 수 없었다.

그날 밤 늦게 세발트가 걱정스러운 얼굴로 마리안의 방문을 두드렸다.

"마리안 아가씨, 저예요, 세발트."

세발트가 기어드는 듯한 작은 목소리로 말했다.

마리안은 얼른 문을 열었다.

"아가씨, 제가 오늘 큰일을 저질렀어요. 산림관이 순시를 도는 줄도 모르고 왕의 사슴을 쏘았어요. 제 화살이 박혀 있는 것을 보았으니 산림관들이 언젠가는 저를 찾아낼 거예요. 어떻게 하면 좋을까요?"

세발트는 겁먹은 표정으로 조용히 말했다.

마리안은 다 아는 일이어서 놀라지도 않았다. 이미 세발트를 도망치게 하려고 돈과 빵, 옷가지가 든 보따리도 준비해 놓고 있었다.

"나도 걱정하고 있었어. 낮에 숲길을 걷다가 산림관을 만났거든. 화살 깃을 증거로 마을 사람들을 들볶으면 결국은 탄로가 날 거야. 그러니 어서 피해. 지금 당장 셔우드 숲으로 도망쳐서 그 사람들 틈에 끼어. 그 속에 로빈이 있다면 큰 힘이 될 거야. 이 속에 돈과 먹을 것을 좀 넣었어. 사람들 눈에 띄지 않게 빨리 도망쳐!"

마리안은 보따리를 내밀며 재촉했다.

"로빈 도련님을 만나면 아가씨를 모시러 꼭 다시 돌아올게요. 고마워요, 마리안 아가씨!"

세발트는 들고양이처럼 잽싸게 마을을 떠났다.

“하느님, 제발 착한 세발트가 로빈을 만날 수 있도록 보호해 주세요! 세발트를 로빈이 있는 곳으로 무사히 인도해 주세요!”

마리안은 불을 끈 깜깜한 방에서 무릎을 꿇고 기도했다.

며칠 뒤에 마리안의 집에도 산림관들이 들이닥쳤다. 산림관들은 흙발로 집 안을 샅샅이 뒤졌다.

세발트를 못 찾자 마리안과 친척 아저씨에게 마구 욕을 퍼부었다.

“이 못된 계집애, 너는 세발트란 놈의 짓인 줄 알고 있었지? 그러면서 시치미를 뗐지? 못된 것, 놈을 잡으면 너도 무사하지 못할 줄 알아!”

“이 색슨의 고약한 영감, 네놈이 한패가 되어 그놈을 도망시켰지, 그렇지?”

안 그래도 돌아오지 않는 하인 때문에 화가 나 있던 아저씨는 영문도 모른 채 욕을 먹고 발길질을 당해야 했다.

그 뒤로도 산림관들은 마을을 빙빙 돌며 만나는 사람마다 세발트가 나타나지 않았는지 물었다. 몇 번이고 아저씨의 집을 샅샅이 뒤지기도 했다.

한 달이 넘도록 세발트를 못 찾자 그들의 발길이 뜸해졌다.

세발트가 떠난 지 석 달이 되었다. 바람이 불고 비가 쏟아지는 밤이었다. 잠든 마리안의 방문을 누군가 다급하게 두드렸다.

마리안은 깜짝 놀라 방문을 열었다. 비를 흠뻑 맞은 세발트가 서 있었다.

"아니, 세발트! 이 밤에 어떻게 온 거야. 그동안 어디에서 지냈어?"

"숲에서 로빈 도련님과 같이 지냈어요. 아가씨를 모시러 왔습니다."

"뭐라고? 그럼 로빈이 나를 데리고 오라고 한 거야?"

"그래요, 아가씨. 로빈 도련님은 셔우드 숲에 사는 '유쾌한 사람들'의 두목으로 존경 받는 인물이 되었어요. 빨리 준비해서 떠나야 해요, 마리안 아가씨!"

꿈을 꾸는 것만 같았다. 서둘러 준비를 끝낸 마리안은 작은 보따리를 들고 세발트를 따라 집을 나섰다. 비가 쏟아지는 궂은 날씨인데다 늦은 밤이어서 두 사람이 마을을 떠나는 것을 본 사람은 아무도 없었다.

마리안은 사흘째 새벽녘이 다 되어서야 셔우드 숲에 들어설 수 있었다. 망을 보는 셔우드 숲 사람들이 그들을 기다리고 있었다.

“아가씨, 셔우드 숲에 오신 것을 환영합니다. 두목님이 눈이 빠지게 기다리고 계십니다.”

숲 사람들이 일제히 마리안에게 꾸벅 절을 하며 말했다.

마치 여왕이라도 맞는 듯한 환영이었다. 한참 동안 숲을 헤치고 들어가자 로빈 일행이 그곳까지 마중 나와 있었다.

“오! 마리안, 무사히 도착했구나!”

로빈이 달려와 마리안을 껴안으며 소리쳤다.

“로빈, 이거 꿈 아니지?”

감격한 마리안도 눈물을 쏟으며 말했다.

“만세! 우리의 여왕님을 환영합니다.”

셔우드 숲 사람들이 만세를 부르며 마리안을 환영했다. 마리안은 정말 꿈을 꾸는 기분이었다.

숲속에는 이미 마리안을 위한 아담한 새집이 마련되어 있었다. 장관으로부터 받은 금과 은으로 된 귀한 식기들도 깨끗이 정돈되어 있었다.

결혼을 하면 로빈과 함께 살 집이었다.

“마리안, 도적 떼의 두목이 된 나와 결혼해 주겠어?”

며칠 후, 로빈이 마리안에게 청혼을 했다.

“가난한 백성들을 돕는 의로운 도둑 두목님의 말씀인데 거절

할 수 없지 뭐. 사랑해, 로빈!"

마리안은 볼을 붉히며 수줍게 대답했다.

"두목님의 결혼을 축하합니다!"

"두 분의 결혼을 축하합니다!"

로빈과 마리안의 결혼식은 셔우드 숲에 모인 '유쾌한 사람들'의 축복 속에 성대하게 치러졌다. 술과 음식도 푸짐했다.

로빈과 결혼한 마리안은 '유쾌한 사람들'로부터 숲속의 여왕으로 불리며 사랑과 존경을 받았다.

로빈을 잡으러 온 땜장이

로빈의 포로가 되었다가 간신히 살아 돌아온 장관은 로빈과 한 약속은 잊은 지 이미 오래였다. 무슨 수를 써서라도 그 치욕을 되갚아 주려고 이를 갈며 안간힘을 썼다.

"이 노팅엄에 그놈의 목을 비틀 수 있는 무사가 한 명도 없단 말이냐?"

아무리 악을 써도 로빈을 잡겠다고 나서는 무사는 없었다.

이름난 무사들은 이미 로빈과 로빈을 따르는 무리들이 얼마나 무서운지 알고 있었다. 게다가 많은 백성들이 로빈과 그 부하들을 마음속으로 존경하고 따랐기 때문에 아무도 선뜻 나서지 않았다.

"그놈의 목에 거금의 현상금을 걸었는데도 나서는 무사가 없다니 이게 말이 되느냐? 온 영국을 다 뒤져서라도 그런 무사를 찾아내 데리고 오라!"

장관은 부하들을 닦달했다. 장관의 성화에 부하들은 로빈을 잡을 만한 뛰어난 무사를 찾아 사방으로 흩어졌다.

한 부하가 링컨시에 대단한 무사가 있다는 소문을 듣고 그를 만나러 길을 나섰다. 노팅엄에서 링컨시로 가는 길은 멀고도 험했다. 장관의 부하는 땀을 뻘뻘 흘리며 말을 달렸다.

그러다 길가에 있는 주막을 발견하고 그 집 앞에 말을 맸다. 말에게 물을 먹이고, 자신도 시원한 맥주 한 잔을 마시니 정신이 드는 듯했다.

주막집 한쪽에서는 신부 두 명과 땜장이 한 명, 푸른 옷을 입은 산림관이 어울려 맥주를 마시고 있었다. 그들은 거나하게 취해 옛 민요를 흥겹게 불렀다. 그중 땜장이의 노래 실력이 가장 돋보였다.

땜장이의 자루와 망치는 참죽나무 가지에 걸려 있고, 옆에는 굵고 튼튼한 참나무 몽둥이가 세워져 있었다.

"이봐 젊은이, 우리와 같이 한잔 하는 게 어때? 혼자 외로워 보이는구먼."

산림관이 장관의 부하에게 큰 소리로 말했다.

혼자 마시는 것이 멋쩍었던 부하는 잘됐다는 듯 그들의 자리로 옮겨 앉았다.

"자네는 혼자서 어디를 그렇게 바쁘게 가는가? 무슨 재미있는 일이라도 있는가?"

산림관이 다시 말을 걸었다.

"로빈 후드인지 뭔지 하는 놈 때문에 링컨시로 가는 중입니다. 그놈 하나 때문에 지금 노팅엄은 온통 살얼음판입니다."

"하하, 그놈이 어쨌기에 그러나? 노팅엄으로 쳐들어오기라도 한 건가?"

"장관이 그놈의 목을 비틀 무사 하나 구하지 못한다고 밤낮 성화를 부리기 때문이지요. 마침 링컨시에 대단한 무사가 있다는 소문을 듣고 지금 그를 만나러 가는 길이랍니다."

"그렇다면 나를 찾아가는 모양이군. 하하하, 내가 바로 그 소문난 무사거든."

맥주잔을 입에서 뗀 땜장이가 말했다.

"아니, 그게 정말입니까? 당신이 그 무사라는 것을 어떻게 믿지요?"

"여기 이 참나무 몽둥이를 보고도 모르겠나? 이 몽둥이로 로빈 후드인지 뭔지 하는 놈을 단번에 때려눕힐 수 있는 사람이 바로 나란 말일세."

땜장이가 으스대며 제 가슴을 탕탕 쳤다.

"이 사람 말이 맞네. 저렇게 굵은 참나무 몽둥이를 바람개비 돌리듯 하는 장사니까. 사나운 호랑이도 참나무 몽둥이 한 방으로 잡았거든."

산림관이 거들었다.

"아, 그게 정말입니까? 그렇다면 링컨시까지 갈 필요가 없군요. 잘되었습니다. 저랑 같이 노팅엄으로 가서 우리 장관님을 만나십시오."

"난 그놈을 산 채로 잡아 오라면 못 해. 그냥 이 몽둥이로 단번에 때려 죽여도 좋다면 몰라도 말이야."

"우리 장관님은 그걸 더 좋아하실 걸요. 어서 나랑 노팅엄으로 갑시다."

장관의 부하가 벌떡 일어서며 말했다.

"허, 이거 참 뜻밖의 일거리를 하나 얻었군. 그럼 다음에 또 봅시다."

땜장이는 일행과 헤어져 노팅엄으로 갔다.

"로빈인지 라빈인지, 그놈을 생포하라고 하시면 곤란합니다.

이 몽둥이로 죽여도 좋다고 허락하시면 내가 당장 해결하지요."

장관을 만난 땜장이는 로빈을 잡아 오면 큰 상금을 주겠다는 장관에게 거침없이 말했다.

"산 채로 잡아 오면 그놈에게 해 줄 말이 있지만, 그게 어려우면 죽여도 좋다. 그놈의 이름을 내가 다시 듣는 일만 없어도 편히 잠을 잘 수 있겠다."

"예, 그럼 제가 그놈을 단숨에 처치해 드리겠습니다."

땜장이는 참나무 몽둥이를 빙글빙글 돌리며 노팅엄성 밖으로 성큼성큼 나섰다.

며칠이 지난 어느 날 아침이었다. 로빈은 무슨 재미있는 일이 없을까 하고 숲 입구 쪽으로 어슬렁어슬렁 걷고 있었다. 그때 힘깨나 쓸 것 같은 사나이가 콧노래를 흥얼거리며 다가왔다. 사나이는 연장이 든 주머니를 어깨에 메고 한 손에는 커다란 참나무 몽둥이를 가볍게 들고 있었다.

"기분이 대단히 좋으신 모양이구려."

로빈이 먼저 말을 걸었다.

"도둑을 잡으러 가는데 기분이 나쁠 리 없지."

땜장이가 심드렁한 표정으로 대꾸했다.

"도둑이라니, 누구 말이오?"

로빈이 무척 궁금하다는 표정으로 물었다.

"왕의 사냥터인 이 드넓은 셔우드 숲을 불법으로 차지하고 있는 로빈 후드지 누구겠나. 나는 그놈을 체포하라는 장관의 영장을 가지고 왔거든. 그놈이 순순히 내 오라를 받지 않으면 단숨에 이 몽둥이로 때려눕힐 참이지. 자네 혹시 로빈 후드라는 도둑을 모르나?"

땜장이는 마침 잘되었다는 듯 거침없이 말했다.

"잘은 모르지만 조금은 안다오. 모습이 나와 비슷하지요. 나이도 나와 같고 키도 똑같아요. 게다가 그놈은 눈도 파랗지요. 나처럼 말이오."

로빈의 말에 땜장이가 킥킥킥 웃었다.

"농담 마. 넌 아직 애송이야. 그놈은 몸이 크고 힘도 셀 거야. 게다가 수염이 더부룩하게 난 거인일걸. 그렇지 않고서야 노팅엄 장관이 왜 그를 그렇게 두려워하겠나?"

"보아하니 당신은 로빈을 만난 적이 없는 것 같은데 그걸 어떻게 아시오?"

"사람들이 그놈을 무서워하는 걸 보면 알지. 오죽하면 왕도 그놈 때문에 머리를 싸매겠어?"

"글쎄, 그럴까요? 뭐, 어찌 되었든 우리 저 주막에 가서 한잔

하는 게 어떻겠소?”

“그거 좋지. 그렇잖아도 목이 컬컬하던 참이거든.”

술을 좋아하는 땜장이는 로빈을 잡으러 갈 생각은 싹 잊고 얼른 로빈을 따라 나섰다.

두 사람은 주막으로 갔다. 그 주막은 로빈과 그 부하들의 단골집이었다. 숲이 눈으로 덮여 사람들의 출입이 끊어질 때는 그 주막에서 밤을 새기도 했다.

“주인 양반, 여기 술 좀 내오시오. 모처럼 서로 말이 통하는 장사를 만났으니 안주도 한 상 잘 차려 내시오.”

“예, 예, 알겠습니다.”

주인이 곧 술상을 차려 왔다. 갓 구운 양고기 안주가 먹음직해 보였다.

로빈은 땜장이에게 술을 잔뜩 먹였다.

“자, 시원하게 한잔 쭉 들이키시오.”

“크아아, 술맛 한번 좋구나. 하하하!”

땜장이는 연신 술잔을 들이켰다. 그러더니 얼큰하게 취하자 노래를 부르기 시작했다.

“거 노래 한번 잘 부르시는군요. 실력이 대단해요. 그런데 아까 말한 그 체포 영장이란 것 좀 한번 보여 주면 안 되겠소?”

로빈이 땜장이의 빈 잔에 술을 가득 따르며 말했다.

"그건 곤란해. 아무에게도 보여 줄 수 없어."

땜장이는 단번에 거절하더니 술만 벌컥벌컥 마셨다.

"뭐 그렇다면야 어쩔 수 없지요. 자, 술이나 드시구려."

로빈은 더 이상 조르지 않고 관심 없는 척했다.

하지만 로빈은 땜장이 몰래 주막 주인에게 맥주에 독한 술을 타라는 신호를 보냈다. 주인은 금방 로빈의 눈짓을 알아보고 맥주에 위스키를 타서 내놓았다.

신이 난 땜장이는 연방 술잔을 기울이며 흥얼거렸다.

이윽고 땜장이는 술에 곤드레만드레 취해서 꾸벅꾸벅 졸다가 탁자 위에 얼굴을 박고 드르렁드르렁 코를 골기 시작했다.

"흥, 꼴좋다."

로빈은 빙그레 웃으며 땜장이의 연장 자루를 뒤졌다. 그 속에 로빈을 체포하거나 죽이라는 장관의 체포 영장이 든 봉투가 들어 있었다.

"이것은 내가 보관하겠네. 나중에 보세."

로빈은 그것을 주머니에 넣고 주인에게 돈을 건넸다.

"이건 술값이네. 나중에 이 작자가 깨거든 다시 술값을 받게나. 혹시 돈이 없다고 하거든 옷과 연장주머니라도 맡겨야 한다

고 하게. 그래야 더는 현상금이 탐나서 숲으로 오는 놈이 없게
될 거야."

"알았소, 두목. 두말하면 잔소리지!"

주인도 재미있다는 듯 킥킥 웃으며 대꾸했다.

한참을 자고 난 땜장이는 저녁 무렵에야 잠이 깼다. 사방을 둘
러보았지만 아무도 없었다.

"여보시오, 주인 양반. 나랑 같이 온 그 풋내기 도둑놈은 어디
로 갔소?"

"나리, 도둑놈이라뇨? 셔우드 숲 근처에는 도둑이라고 불릴
사람은 없습니다. 저는 나리가 그분과 잘 아는 사이인 줄 알았
지요. 이 근처에 그분을 모르는 사람은 없으니까요."

"대체 그놈이 누군데 그러시오?"

"이곳 사람들은 그분을 로빈 후드라고 부르지요."

"오, 맙소사! 그놈이 로빈 후드라니!"

땜장이는 성난 황소처럼 소리쳤다.

땜장이는 얼른 연장주머니를 뒤졌다. 체포 영장이 감쪽같이
사라지고 없었다.

"그놈이 로빈 후드라는 것을 알면서 왜 말하지 않았어? 네놈
이 말하지 않아서 그놈을 눈앞에서 놓쳤으니 네가 대신 내 몽둥

이맛을 보아라!"

땜장이는 몽둥이를 치켜들며 소리쳤다.

"나리, 왜 이러십니까? 나리가 처음부터 그 사람이 누구냐고 물으셨으면 왜 가르쳐 드리지 않았겠습니까?"

주인은 손사래를 치며 말했다.

"으음……. 내가 참을성이 많은 것을 다행으로 여겨라. 로빈 후드 이놈, 절대 용서할 수 없다. 내 이놈을 잡아서 박살을 내고 말 테다!"

땜장이는 이를 갈며 주막을 나서려고 했다.

그러자 주인이 앞을 막아서며 말했다.

"나리, 술값을 주고 가셔야지요."

"뭐라고? 그 도둑놈이 술값도 안 냈단 말이냐?"

"술값은 나리께 받으라고 하던데요."

"저런 죽일 놈이 있나! 하지만 지금은 돈이 없는데 어쩌란 말이냐?"

"그렇다면 나리의 옷이랑 연장주머니라도 맡겨 놓고 가십시오. 그것도 못 하시겠다면 개를 풀어 놓겠습니다. 우리 집 개는 사나워서 몽둥이 따위는 하나도 겁내지 않습니다."

"죽일 놈 같으니라고! 알았으니 개는 풀지 마라. 내 반드시 그

도둑놈을 잡아 상금을 받으면 연장을 찾으러 올 것이다.”

땜장이는 씨근거리며 옷과 연장주머니를 맡겼다.

그러고는 셔우드 숲속으로 달려갔다.

얼마 후 땜장이는 숲속에서 로빈을 만났다.

로빈도 참나무 몽둥이를 들고 있었다.

“난 또 누구라고? 노래 잘 부르는 땜장이시군. 그 주막의 술맛
은 어땠나?”

로빈이 빈정거리는 투로 말을 걸었다.

“이 낯 두꺼운 도둑놈아! 이번에는 그냥 두지 않겠다.”

땜장이는 참나무 몽둥이를 휘두르며 무서운 기세로 달려들었
다. 로빈이 날쌔게 피하며 참나무 몽둥이를 막았다. 몇 번을 휘
둘러도 로빈은 척척 막아 냈다.

땜장이는 그제야 로빈이 듣던 대로 보통 실력이 아니라는 것
을 알아챘다. 자기가 휘두르는 몽둥이를 그렇게 척척 막아 내는
사람은 여태 보지 못했기 때문이다.

“흥, 제법이군. 그렇지만 이번에는 네놈의 머리를 박살 내고
말 테다.”

땜장이는 온 힘을 다해 몽둥이를 휘둘렀다. 그러다 제 힘을 못
이긴 땜장이가 쿵 하고 앞으로 쓰러졌다.

"이얍!"

그 순간 로빈의 몽둥이가 땜장이의 몽둥이를 힘껏 쳐서 두 동강이를 냈다.

"어때? 이제는 항복하시지. 그러지 않으면 네 머리통이 박살 날걸."

로빈은 이렇게 말하고 허리에 찼던 뿔피리를 꺼내 불었다. 그러자 푸른 옷을 입은 로빈의 부하들이 번개처럼 달려왔다.

"두목, 무슨 일입니까?"

"이 무사께서 나를 노팅엄으로 끌고 가겠다는군."

로빈이 몽둥이로 땜장이를 가리키며 대꾸했다.

"이놈의 목을 잘라 막대기에 꿰어 저기 세워라."

부두목 리틀 존이 소리쳤다.

"잠깐! 이 거인은 호걸이다. 게다가 노래도 잘 부르지. 그러니 우리 친구로 삼아야겠어. 이봐, 땜장이 선생, 우리와 함께 이 좋은 숲에서 재미있게 살아 보지 않겠나? 맛있는 사슴 고기와 벌꿀도 지천으로 먹을 수 있고, 불쌍한 백성들을 돌보는 정의의 투사로 좋은 일도 할 수 있거든. 어떤가?"

비실거리며 일어나던 땜장이가 털썩 무릎을 꿇으며 말했다.

"좋소. 로빈의 부하가 되겠소. 나도 정의로운 친구들과 약한 사람을 보호하며 이곳에서 재미있게 살고 싶소."

그러자 로빈은 크게 웃으며 말했다.

"하하하, 아주 잘 생각했소. 자, 우리와 같이 갑시다."

로빈을 잡겠다고 큰소리치던 땜장이는 오히려 로빈의 부하가
되었다. 숲속 친구들을 위해서는 노래를 자주 불러 주었다. 심
심하던 숲 사람들에게 진짜 좋은 친구가 되었다.

억울한 사람들의 좋은 친구

　로빈과 숲속 '유쾌한 사람들'의 소문은 날이 갈수록 널리 퍼졌다. 사제나 귀족들로부터 괴롭힘을 당하거나 억울한 일로 쫓기게 된 사람들이 너도나도 셔우드 숲으로 달려왔다.

　그런 사람 중에 정직하고 부지런한 방앗간 집 아들이 있었다. 난쟁이 미찌로 알려진 그는 몸은 작지만 기운이 장사였고, 꾀가 많은 청년이었다. 못된 귀족과 싸우다가 그 귀족을 흠씬 두들겨 패고는 도망쳐서 숲 사람들과 한패가 된 후 못된 귀족을 혼내는 데 앞장섰다.

　이곳저곳 떠돌며 시를 짓고 노래를 불러 사람들을 즐겁게 하는 아름다운 청년 아란도 있었다.

아란은 에렌이라는 처녀를 사랑했다. 에렌도 아란을 무척 사랑했다.

그런데 에렌의 아버지 에드워드는 노래나 부르며 떠돌아다니는 아란에게 귀여운 딸을 시집보내기 싫었다. 돈과 지위에 욕심이 난 에렌의 아버지는 나이 많은 귀족에게 딸을 시집보내기로 했다. 그 일로 아란은 숲 근처에서 눈물을 흘리고 있다가 로빈의 친구들에게 발견되었다.

로빈의 친구들은 아란을 로빈에게 데리고 갔다.

"억울한 일로 울고 있었다는데, 어디 그 사정을 자세히 이야기해 보아라."

아란은 늙은 귀족에게 사랑하는 애인을 빼앗기게 된 사연을 훌쩍이면서 이야기했다.

"걱정 마라. 에렌이 너의 신부가 되도록 해 주겠다."

로빈의 말에 아란은 몹시 기뻐하며 숲에서 지냈다.

나이 많은 귀족과 에렌이 결혼하는 날이었다. 로빈은 부하 몇 사람을 이끌고 아란과 함께 결혼식장으로 갔다.

로빈을 알아보는 사람은 아무도 없었다. 결혼식이 시작되었다. 로빈은 갑자기 나이 많은 귀족 신랑과 귀여운 어린 신부 에렌 사이에 끼어들며 큰 소리로 말했다.

"이런 엉터리 결혼식은 처음 봅니다. 여러분, 보십시오. 신부는 슬픔에 잠겼고, 신랑은 신부의 아버지보다도 더 늙었습니다. 세상에 무슨 이런 결혼식이 다 있습니까?"

결혼식에 참석했던 사람들은 모두 놀라서 신랑과 신부를 쳐다보았다.

"여러분, 나는 로빈입니다. 젊은이의 사랑을 돈이 짓밟는 이런 말도 안 되는 결혼식을 말리러 왔습니다."

눈이 휘둥그레진 사람들은 로빈의 말에 모두 웅성거렸다.

"저 사람이 그 유명한 로빈 후드란 말이야?"

"맞아. 그가 아니면 저렇게 할 수 없지. 그의 말이 옳아!"

"어린 신부가 너무 불쌍해. 로빈 후드가 가여운 신부를 구하러 왔군."

사람들이 이렇게 웅성거리는 사이에 늙은 귀족은 꽁무니가 빠져라 달아났다. 늙은 귀족이 섰던 자리에는 어느새 아름다운 청년 아란이 서 있었다. 잘 어울리는 행복한 한 쌍이었다.

사람들은 큰 박수로 두 젊은이의 행복한 결혼을 축하했다.

결혼식이 끝나자 로빈은 에렌의 아버지에게 금화 100엔젤을 주었다.

"당신의 사위는 아란입니다. 그 늙은 귀족에게 받은 돈은 이것

으로 갚으십시오.”

로빈과 부하들은 결혼식을 마친 신혼부부를 데리고 셔우드 숲
으로 돌아갔다.

로빈은 몰락하게 된 기사 리처드도 도와주었다. 사람들은 그
를 리처드 경이라고 부르며 존경했다. 그런 그에게 불행이 닥친
것은 아들 때문이었다.

리처드 경에게는 아버지 못지않게 씩씩하고 용맹한 아들이 있
었다. 그 아들이 말을 타고 창으로 싸우는 경기에 나간 것이 불
행의 시작이었다.

경기 중에 실수로 상대편 귀족의 눈을 찔렀는데, 그만 그 귀족이 죽고 말았다. 당당한 세력가인 죽은 귀족의 가족과 친척들은 왕에게 청년이 앙심을 품고 귀족을 죽였다고 모함했다.

"이것은 실수가 아닙니다. 고의로 죽인 것입니다."

"벌금으로 금화 600파운드는 받아야 합니다."

"아닙니다. 사람을 죽였으니 그도 죽든지 평생 감옥에서 썩게 해야 합니다."

왕은 결국 힘 있는 귀족의 편을 들어주었다.

리처드 경이 피해자 가족에게 600파운드의 보상금을 물든지, 아니면 가해자인 아들이 징역 10년을 살아야 한다는 판결을 내린 것이다.

시합 중에 일어난 실수를 실수로 인정하지 않은 부당한 판결이었다.

리처드 경은 왕의 부당한 판결이 어이없었지만, 결국 돈을 내고 아들을 구하기로 했다. 에메트 수도원에 집과 땅을 몽땅 잡히고 돈을 빌려 보상금을 내고 아들을 감옥에서 꺼냈다.

수도원에서 빌린 돈을 갚아야 할 날짜는 점점 다가왔지만 리처드 경은 그 돈을 마련할 힘이 없었다. 기일 안에 돈을 갚지 못하면 집과 땅을 몽땅 수도원에 빼앗기게 될 처지였다.

리처드 경은 어깨를 축 늘어뜨린 채 셔우드 숲 근처를 터벅터벅 지나갔다. 그러다 우연히 로빈을 만나 자신의 처지를 이야기하게 되었다.

"딱하시군요. 기사님에게는 친구가 없습니까? 어려울 때 힘이 되어 줄 친구 말입니다."

리처드 경의 이야기를 들은 로빈이 이렇게 물었다.

"한 명도 없다네. 친구들이 다 떠나 버렸다네. 내가 세력이 큰 귀족 가문의 미움을 받게 되니까 아무도 나를 가까이 하려고 하지 않더군."

리처드 경은 땅이 꺼져라 깊은 한숨을 쉬었다.

"기운을 내십시오. 이 로빈 후드가 기사님의 친구가 되어 드리겠습니다."

로빈은 리처드 경을 숲으로 안내했다. 맛있는 음식을 정성껏 대접하고 그곳에 머물게 했다.

다음 날이었다. 로빈의 친구들은 셔우드 숲길을 지나는 하퍼드 주교 일행을 붙잡았다. 그는 높은 신분을 이용해서 백성들의 재물을 빼앗는 사람으로 악명이 높았다.

하퍼드 주교가 돈과 갖가지 보물을 말에 싣고 셔우드 숲 근처로 지나간다는 정보를 얻어 그를 붙잡은 것이다.

많은 부하들이 주교와 보물을 호위하고 있었지만 로빈의 부하들을 상대하기에는 어림도 없었다.

"이게 무슨 짓인가? 나는 주교야. 신분이 높은 신부란 말이야"

주교는 로빈과 숲 사람들을 보고 소리쳤다.

"잘 알고 있습니다. 그러니 안심하십시오. 우리는 누구도 주교님을 해치지 않습니다."

로빈은 주교를 놀리듯이 공손하게 말했다.

"그런데 왜 앞을 가로막는 게야?"

"이 돈과 보물은 주교님이 나쁜 수단으로 모은 것이니 우리가 맡아서 좋은 일에 쓰겠습니다. 말에 실려 있는 이 물건들은 그냥 두고 가셔도 됩니다."

"이 물건들은 모두 수도원의 운영을 위해 쓰일 것들이다. 그러니 여기 남겨둘 수 없다. 아무리 도적이라도 도적질할 물건이 있고, 그래서는 안 되는 물건이 있음을 모르는가?"

주교는 순순히 떠나지 않겠다는 듯 더욱 기고만장해져서 위협적으로 말했다.

"백성들로부터 정신적인 존경을 받아야 하는 신부님들은 누구보다도 가난하고 깨끗하게 살아야 합니다. 높은 지위를 이용해서 백성들의 돈을 긁어모으고도 그런 말을 하시면 안 되지요."

"난 주교야. 가만히 있어도 백성들이 재물을 바친다는 것을 모르는가?"

"그건 주교님 혼자 생각이지요. 돈을 바치는 사람들은 주교님의 권세가 무서워서 그러는 것일 뿐이니까요. 돈을 바친 사람 중에 주교님을 진심으로 존경하고 좋아해서 돈을 바쳤다는 사람은 단 한 사람도 없을 것입니다. 그러니 이 돈과 보물들은 주교님의 지위를 이용해서 백성들로부터 빼앗은 것입니다. 지위가 높은 주교님이 이러시니 모든 신부들이 백성들을 괴롭히지 않습니까. 백성들의 원성이 하늘을 찌르고 있는데 주교님만 모르시는구려."

"듣기 싫다. 그런 허튼소리에 기죽을 내가 아니다. 저 물건들은 절대 여기 두고 떠날 수 없다. 알겠냐?"

주교는 다시 뻗대었다.

"그래요? 그렇다면 할 수 없군요.

여보게들, 주교님을 당장 숲속 감옥으로 모시게. 그리고 나머지 놈들도 남김없이 끌고 가서 나무에 한 놈씩 묶어 세워라!"

"옛, 두목님! 애들아, 빨리 서둘러라!"

숲속 식구들은 신이 나서 잽싸게 움직였다.

그제야 주교는 정신이 번쩍 들었다. 노팅엄의 장관이 포로로 잡힌 뒤에, 돈은 물론이고 아끼는 금과 은으로 된 집기까지 모조리 빼앗기고 풀려났다는 소문을 들어서 알고 있었던 것이다.

"이보게, 두목, 내가 졌네. 나 때문에 죄 없는 사람들까지 욕 보일 수는 없지. 자네 말대로 하겠으니 당장 우리를 놓아 주게."

주교는 마지못해 항복했다.

"진작 그렇게 하셨어야지요. 아무튼 이 돈과 보물들은 좋은 일에 쓰일 테니 주교님은 모처럼 백성들을 위해 좋은 일 하셨다고 생각하십시오."

로빈은 주교 일행을 모두 풀어 주었다.

그러고는 돈과 귀중품을 가득 실은 말 세 필을 끌고 숲속의 본부로 돌아왔다.

말에 실려 있는 여섯 개의 커다란 가죽 가방은 금화를 비롯해서 온갖 보물들로 가득했다. 로빈은 그중에서 700파운드를 따로 자루에 담았다.

"하퍼드 주교가 온갖 못된 짓으로 빼앗은 백성들의 재산 중 일부입니다. 이 돈으로 에메트 수도원에서 빌린 돈을 갚고, 남은 돈으로는 새 삶을 찾으십시오."

로빈이 리처드 경 앞에 돈 자루를 내려놓으며 말했다.

"감사합니다. 내일 모레면 수도원에서 빌린 돈을 갚기로 한 날이어서 파산을 각오하고 있었습니다. 그런데 생각하지도 못한 곳에서 도움을 받게 되는군요. 달리 방법이 없으니 주신 돈으로 빚을 갚겠습니다. 이 은혜는 절대 잊지 않겠습니다."

리처드 경은 그 돈으로 수도원에 진 빚을 모두 갚았다.

몇 년 후, 리처드 경은 빌린 돈보다 훨씬 많은 선물을 가지고 셔우드 숲을 찾아왔다.

"리처드 경, 어서 오십시오. 이게 얼마 만입니까? 다시 뵙게 되어 정말 반갑습니다."

로빈은 부하들의 안내를 받으며 찾아온 리처드 경을 보고 반갑게 소리쳤다.

"그동안 잘 계셨지요? 로빈 후드 대장님!"

리처드 경은 활달한 목소리로 로빈에게 인사를 하였다.

"로빈 후드 대장, 예전에 곤경에 처한 나를 구해 준 은혜를 갚으러 이렇게 왔습니다. 자, 이것을 받아 주십시오."

리처드 경은 금으로 만든 큰 화살을 내밀었다. 그리고 활 500개와 많은 화살도 내놓았다. 그것은 700파운드로는 도저히 마련할 수 없는 참으로 큰 선물이었다.

"참으로 귀한 선물입니다. 감사히 받겠습니다, 리처드 경."

로빈은 리처드 경이 내놓은 선물을 보고 감격하여 말했다.

그동안 리처드 경 부자는 인도를 상대로 무역을 해서 돈을 꽤 많이 벌었다고 했다.

"만세! 이거야말로 세상에서 가장 귀한 선물이다!"

숲속의 '유쾌한 사람들'은 기뻐서 어쩔 줄을 몰랐다.

신부들을 골탕 먹인 리틀 존

햇살 따스한 봄이 왔다. 산과 들에는 파랗게 새싹이 돋았다. 한가하게 햇볕을 쬐던 로빈은 활시위를 감고 있는 리틀 존을 멍하니 바라보았다. 그 옆에서는 아란이 하프를 손질하고 있었다.

"이봐 존, 날씨도 좋은데 우리 둘이 모처럼 유쾌한 모험을 한 번 해 볼까? 자네는 신부가 되고, 나는 거지로 변장하고 말이야. 어떤가?"

로빈은 하품을 하며 말했다.

"히야, 그거 좋은 생각이입니다. 두목! 그런데 신부 옷은 지난번 활쏘기 대회 때 입었던 게 그대로 있지만, 거지 옷은 없는데 어쩌지요?"

“거참, 걱정도 팔자구먼. 오래 입어서 구멍 나고 기운 옷이야 얼마든지 있을 텐데 무슨 걱정이오? 우리는 변장을 하는 데는 천재들이잖아.”

“하긴 그렇군요. 이거 생각만 해도 신이 나는데. 어디 세상 구경 한번 하고 옵시다.”

리틀 존이 하던 일을 금방 걷어치우고는 서둘러 일어섰다.

그걸 보고 아란이 말했다.

“두목, 지난번에 내가 입었던 거지 옷이 있는데 그거라도 입으시렵니까?”

“그래? 있으면 가져와 봐.”

이미 있는 장비들로 변장을 하니 준비는 금방 끝났다.

“하필이면 왜 거지로 변장을 한다고 야단일까? 어머머, 영판 거지 대장이네.”

거지로 변장한 로빈을 보더니 마리안이 배꼽을 잡으며 웃었다. 부하들도 한바탕 웃음을 터뜨렸다.

“금방 거지 두목님이 되셨네요. 얼굴에 검은 칠만 좀 하시면 영판 거지 두목입니다.”

리틀 존은 허리띠에 크고 긴 묵주를 늘어뜨리고, 굵은 몽둥이를 지팡이처럼 짚으며 나타났다.

몽둥이에는 포도주가 들어 있는 조그마한 가죽 주머니가 매달려 대롱거렸다.

"사고는 치지 말고 세상 구경만 잘하고 오셔요!"

마리안이 손을 흔들며 말했다. 부하들도 모두 몰려나와 재미있겠다는 듯이 웃으며 두목과 부두목을 배웅했다.

로빈과 리틀 존의 발걸음은 소풍을 떠나는 개구쟁이들처럼 가벼웠다.

숲속의 오솔길을 벗어나 큰길로 접어들자 곧 갈림길이 나왔다. 한쪽은 브리스로, 다른 한쪽은 게인즈버러로 가는 길이었다. 두 사람은 갈림길에서 걸음을 멈추었다.

"이렇게 신분이 다른 두 사람이 같이 다니면 사람들이 이상하게 볼 테니 여기서 헤어지자고. 나는 브리스로 가겠네. 그럼 신부님, 다시 만날 때까지 몸조심하십시오."

"안녕히 가십시오, 거지 대장님. 다음에 만날 때는 '한푼만 적선하십시오.' 하는 소리를 듣지 않게 되기를 빕니다."

두 사람은 손을 저으며 각기 다른 길로 성큼성큼 걸어갔다. 이윽고 푸른 언덕이 나타나고, 둘은 서로 보이지 않게 되었다.

리틀 존이 한참 걷고 있는데 아가씨 두 명이 무거운 짐을 들고 골목길에서 나타났다.

“아름다운 아가씨들, 어디로 가시는 길이오?”

존이 아가씨들의 길을 막으며 물었다.

“텍스포드 시장으로 달걀을 팔러 가는 길이에요, 신부님.”

“쯧쯧……, 귀여운 아가씨들이 들기에는 짐이 너무 무거워 보이는구려. 내가 들어 드리리다.”

“신부님께 달걀 바구니를 드시게 할 수는 없어요.”

“무슨 말씀을! 신부도 사람이라오.”

리틀 존은 한 아가씨에게 몽둥이를 맡기고 두 손에 바구니 하나씩을 들더니 시장 쪽으로 걷기 시작했다. 그는 즐거운 듯 흥얼흥얼 노래를 불렀다. 길을 가던 사람들은 그 모습이 우스워 깔깔깔 웃었다.

드디어 시장에 도착했다.

“귀여운 아가씨들, 여기서 헤어져야 할 것 같구려. 아가씨들 덕분에 오는 길이 즐거웠소.”

“고맙습니다, 신부님! 신부님은 정말 친절한 분이세요.”

아가씨들은 웃으며 리틀 존을 칭찬했다.

리틀 존은 기분이 좋아 휘파람을 불며 걸어갔다. 뜨거운 태양이 내리쬐어 목이 타기 시작했다. 가죽 주머니에 든 포도주를 벌컥벌컥 마셨다.

마지막 한 방울까지 다 마셨는데도 양이 차지 않았다. 마침 길가에 주막이 보였다. 주막 입구에는 장사꾼들이 나무 의자에 앉아 맥주를 마시고 있었다. 마침 맥주 생각이 간절하던 참이라 리틀 존은 얼른 그곳으로 다가갔다.

"실례합니다, 형제들."

리틀 존은 입구 쪽에 앉아 있는 사람들에게 인사를 하며 주막으로 들어섰다.

"천만의 말씀입니다, 신부님. 여기 앉으시지요. 우리와 맥주 한잔 같이 하시겠습니까?"

"좋지요."

리틀 존은 그들 옆에 자리를 잡았다.

"주인장, 신부님께 어서 맥주 한 잔 갖다 드리시오. 날씨가 덥지요, 신부님?"

"볕이 무척 뜨겁네요."

리틀 존은 땀을 닦으며 대답했다. 그러고는 커다란 잔에 가득 찬 맥주를 단숨에 비워 냈다.

"대단하십니다, 신부님. 주인장, 여기 신부님께 얼른 한 잔 더 가지고 오시오."

장사꾼이 놀랐다는 듯 큰 소리로 말했다.

“그런데 길가에 매어 놓은 저 훌륭한 말들은 어느 분이 타고 오신 것입니까?”

맥주가 오기를 기다리며 리틀 존이 물었다.

“신부님들이 타고 오신 것입니다. 지금 저 방 안에서 진수성찬을 드시는 중이지요.”

다른 상인이 방 쪽을 힐끔 돌아보고는 빈정거리듯 소리를 죽여 대답했다.

리틀 존은 다시 내온 맥주 한 잔을 단숨에 마시자 갈증이 풀리면서 기분도 좋아졌다.

“이제야 살 것 같구려. 기분도 좋은데 형제들을 위해 내가 노래 한 곡 뽑을까요?”

“좋지요! 한 곡 부르시구려, 신부님.”

리틀 존은 한창 유행하는 유행가를 신나게 불렀다.

그때 문이 드르륵 열리며 수도원의 신부 둘이 밖으로 나왔다. 수도원 신부는 노래를 부른 사람이 신부라는 것을 알고는 눈살을 찌푸리며 내뱉듯 소리쳤다.

“참으로 한심하군. 신부복을 입은 사람이 시장 사람들과 어울려 술을 마시고 천박한 노래까지 부르다니! 그러고도 부끄럽지 않은가?”

뚱뚱하고 나이 든 신부가 마치 아랫사람을 야단치듯 말했다. 리틀 존은 마음 같아서는 당장 몽둥이를 휘두르고 싶었지만 꾹 참고 대꾸했다.

"난 신부님들처럼 좋은 수도원의 부자 신부가 아니라 떠돌이 신부여서 그렇습니다. 그래서 가난한 시장 사람들이 모두 형제 처럼 좋아하지요."

그 자리에 있던 시장 사람들이 존의 대꾸가 재미있다는 듯 키 득키득 웃었다.

"신부 얼굴에 먹칠을 하는 놈이구먼. 그만 갑시다, 신부님."

젊고 키가 커서 비쩍 말라 보이는 신부가 얼굴을 찡그리며 뚱 보 신부에게 말했다.

"내가 신부 얼굴에 먹칠을 한다고? 힘들게 사는 백성들의 돈 을 빼앗아 제 배나 불리는 놈들이 누군데 그런 소리를 해! 안 그 렇소, 형제들?"

리틀 존이 큰 소리로 말하자 주막에 있던 사람들이 통쾌하다 는 듯 다시 웃기 시작했다.

두 신부는 잘못하다가는 큰 망신을 당하겠다 싶었는지 존을 쏘아보고는 말을 매어 둔 곳으로 갔다.

그러자 몽둥이를 든 존이 급히 신부들을 따라갔다.

좋은 구경거리를 만났다는 듯 주막에 있던 사람들이 우르르 뒤따라 나왔다.

"제가 말고삐를 잡아 드리죠. 신부님들의 가르침을 받아 크게 깨달았거든요. 허락하신다면 두 분을 수도원까지 모시고자 하오니 제 청을 거절하지 마십시오."

두 신부는 난처한 얼굴이 되었다. 건장한 체구와 손에 든 몽둥이를 보자 더럭 겁이 났던 것이다.

뚱보 신부가 아까와는 달리 아주 부드러운 목소리로 리틀 존을 타일렀다.

"형제, 뜻은 고맙지만 그럴 것까지는 없다네. 우리는 급한 일이 있어서 빨리 가야 하거든."

"그런 걱정은 안 하셔도 됩니다. 제 몸은 보시다시피 튼튼해서 얼마든지 뛸 수 있으니까요."

그 말에 구경꾼들이 또 와르르 웃음을 터뜨렸다.

그러자 수치심을 느낀 야위고 키 큰 신부가 발끈해서 소리를 질렀다.

"그만해라, 이 괘씸한 놈! 저 돼지들과 술이나 마시며 여기 있어. 너 같은 길동무는 딱 질색이니까."

"형제들, 들으셨지요? 그만 들어가 술이나 드시구려. 나는 훌

릉하신 두 신부님들을 모셔야 한다오. 그럼 형제들 잘 계시오."

리틀 존은 성큼성큼 걸어가 말 두 마리의 고삐를 풀더니 신부들 앞에 대령했다.

"저는 훌륭하신 신부님들께 길 위에서라도 더 배워야 하니까 같이 가겠습니다. 어서 말에 오르시지요."

두 신부는 그곳에서 실랑이를 하다가는 무슨 창피를 더 당할지 몰라 말에 오를 수밖에 없었다.

"신부님들, 안장을 잘 잡으십시오. 갈 길이 바쁘시다니 그럼 달리도록 하겠습니다. 이랴!"

리틀 존은 말고삐를 와락 당기며 소리쳤다.

깜짝 놀란 말들이 고삐를 쥔 리틀 존을 따라 달리기 시작했다.

"이봐, 우리가 말에서 떨어져 죽는 꼴을 보려고 그러나? 좀 천천히 가."

안장을 움켜잡은 뚱보 신부가 죽는 소리를 했다.

"바쁘시다고 해서 그랬는데 그럼 천천히 가지요."

언덕을 돌자 구경꾼들이 보이지 않게 되었다. 그곳은 지나가는 사람도 없는 으슥한 곳이었다.

"이제 그만 돌아가게. 주막으로 돌아가 술이나 마시게."

뚱보 신부가 숨을 헉헉거리며 말했다.

“저더러 돌아가라고요? 보시다시피 저는 매우 가난해서 술을 마실 돈도 없습니다. 그러니 여기까지 모신 수고료라도 받아야 돌아갈 수 있습니다.”

말을 세운 리틀 존이 손을 내밀며 말했다.

“우리는 자네에게 줄 돈이 없네.”

비쩍 마른 신부가 고개를 저으며 말했다.

“돈이 없다? 그걸 나더러 믿으라는 겁니까? 그러지 말고 맥주 마실 돈이라도 주십시오.”

“몇 번을 말해야 알겠느냐! 우리는 돈이 없다!”

이번에는 뚱보 신부가 신경질적으로 소리를 꽥 질렀다.

“그렇다면 할 수 없군요. 당신들처럼 인색한 신부는 처음이오. 자, 두 사람 다 말에서 내리시오. 그리고 무릎을 꿇고 기도를 드립시다. 우리들의 여행에 필요한 돈을 조금이라도 베풀어 달라고 말이오.”

리틀 존은 말고삐를 채면서 말했다.

깜짝 놀란 말이 껑충 뛰는 바람에 두 신부가 비명을 질렀다. 하마터면 말 아래로 떨어질 뻔했기 때문이다.

“얼른 내려오지 않으면 이 몽둥이로 말 다리를 뎅강 분질러 놓겠어!”

잔뜩 겁을 먹은 신부들이 비실거리며 말에서 내려섰다.

"자, 이제 기도를 합시다. 냉큼 꿇어앉으시오. 내가 신께 기도를 드리리다."

리틀 존은 우물쭈물하는 두 신부의 어깨를 눌러서 땅바닥에 무릎을 꿇게 했다. 그러고는 기도를 시작했다.

"오, 자비로우신 신이시여! 이놈들이 링컨 거리에 닿을 때까지 뚱보 신부는 뼈와 가죽만 남고, 비쩍 마른 신부는 형체마저 사라지는 일이 없도록 약간의 노자를 베풀어 주소서. 이들에게 베풀어 주신 것을 가난한 제가 가지는 것을 용서하소서!"

기도를 마친 리틀 존이 일어섰다.

"신이 두 분에게 얼마나 베푸셨는지 한번 봅시다. 내가 신에게 기도를 해서 생긴 돈을 확인하려는 것이니 거부하면 이 몽둥이가 용서하지 않을 거요."

리틀 존은 두 신부를 꼼짝 못하게 세워 놓고 주머니를 뒤졌다. 뚱보 신부의 주머니에서는 70파운드가 나왔다. 비쩍 마른 신부한테서는 110파운드가 나왔다.

"신이 내 기도를 어여삐 생각하셨구먼. 당신들의 빈 주머니에 든 것은 모두 내 기도 덕에 생긴 것이니 당연히 내 돈이오. 하지만 당신들이 빵 부스러기라도 사 먹을 수 있게 1파운드씩은 나눠 주겠소."

리틀 존은 큰 선심이라도 쓴다는 표정으로 두 신부에게 1파운드씩을 주고, 나머지 돈은 자신의 주머니에 챙겨 넣었다.

"형제들이여, 계속 즐거운 여행이 되길 빌겠소."

리틀 존은 두 신부를 뒤로하고 성큼성큼 걸어갔다.

그에게 돈을 몽땅 털린 두 신부는 넋이 나간 사람처럼 한참 동안 길가에 멍하니 서 있었다.

가짜 거지들을 턴 로빈

한편 갈림길에서 리틀 존과 헤어진 로빈은 상쾌한 기분으로
발걸음을 옮겨 놓았다. 한참을 가고 있는데 거지 네 명이 땅바
닥에 음식을 차려 놓고 술을 마시는 것이 보였다. 그들은 조그
만 종이를 목에 걸어 가슴으로 늘어뜨리고 있었다. 종이에는 각
각 이렇게 씌어 있었다.

나는 벙어리입니다.
나는 장님입니다.
나는 귀머거리입니다.
나는 절름발이입니다.

163

거지꼴을 한 로빈이 가까이 다가가자 벙어리라고 쓴 사나이가
큰 소리로 불렀다.

"이봐 형제, 이리 와서 앉게. 아직 음식도 조금 남았고, 단지
속에는 술도 조금 있으니까."

벙어리라는 사나이가 말을 해서 로빈은 피식 웃음이 나왔다.

"재미있는 사람들이구려. 벙어리가 말을 다 하고. 마침 출출
하던 차에 잘되었네. 한잔 주게나."

로빈은 그들 곁으로 가서 함께 어울렸다.

"자네를 만나 기쁘군. 어디에서 오는 길인가?"

장님이라는 사내가 눈을 크게 뜨고 물었다.

"셔우드에서 밤을 새고 오는 길이라네."

"그게 정말인가? 우리는 큰돈을 가지고 링컨시로 가는 중이
지. 그런데 셔우드에서 하룻밤을 지내기가 겁이 난단 말이야.
로빈 후드에게 붙잡혔다가는 돈도 몽땅 털리고 귀도 싹둑 잘릴
테니까."

벙어리 거지가 다시 말했다.

"그놈이 그런 끔찍한 짓을 하지는 않을 텐데."

로빈은 웃으며 태연하게 말했다.

"무슨 소리야. 그놈은 거지로 변장한 우리 같은 놈을 용서하지

않는다고 하더군. 아주 나쁜 도둑놈이라던데.”

로빈은 기분이 상했지만 꾹 참았다. 그들의 사연을 좀 더 알고 싶어서였다.

“그런데 자네들은 무얼 해서 그렇게 큰돈을 벌었나? 아무리 봐도 큰 부자나 귀족은 아닌 것 같은데 말이야.”

“눈치 하나 빠르군. 우리는 피터 두목의 심부름꾼이야. 두목이 한탕해서 챙긴 돈을 링컨시로 가지고 가는 중이라네.”

절름발이 행세를 하는 거지가 말했다.

“이봐, 호지! 비밀을 다 말하면 어떡해! 아직 이자가 누구인지도 모르잖아. 도대체 자네는 누구인가? 정직한 사람인가, 아니면 우리처럼 가짜 거지 행세를 하는 건달인가?”

벙어리 거지가 절름발이 거지의 말을 가로막으며 로빈에게 따져 물었다.

“물론 나는 정직한 사람이지. 왜, 내가 의심스러운가? 자네같이 좋은 목소리를 가진 벙어리가 노래를 부른다면 또 모르지만 말이야.”

로빈은 애써 태연한 척 대꾸했다. 그러자 사내들이 일제히 입을 다물었다. 잠시 후 벙어리 거지가 아무래도 의심스럽다는 듯 다시 따져 물었다.

“대충 넘어갈 생각은 하지 않는 게 좋을 거야. 내가 묻는 말에 확실하게 대답해 봐.”

로빈은 그만 참지 못하고 벌떡 일어서며 소리쳤다.

“로빈 후드가 나쁜 놈이라니? 그자가 도둑질하는 것을 너희들이 봤어? 우리 같은 거지도 도와주는 내 친구를 두고 허튼소리들 하지 마!”

로빈의 말에 장님이라는 자가 벌떡 일어나 몽둥이를 치켜들며 소리쳤다.

“뭐야? 그놈과 한패거리구나!”

장님은 씩씩거리며 로빈을 향해 몽둥이를 휘둘렀다.

“어라, 나랑 한바탕 뛰자는 건가?”

로빈은 얼른 몽둥이를 피하며 막대기로 장님을 후려갈겼다. 단 한 방에 장님 거지는 비명을 지르며 땅바닥에 나뒹굴었다. 그것을 보자 다른 거지들도 한꺼번에 일어나 몽둥이를 치켜들었다.

“어디 덤벼 봐, 이 인간 쓰레기들아!”

로빈은 소리치며 벙어리 거지를 때려눕혔다.

장님 거지에 이어 벙어리 거지까지 순식간에 쓰러지자 귀머거리 거지와 절름발이 거지는 걸음아 날 살려라 하고 도망치기 시작했다. 어찌나 빠른지 두 사람은 금방 골짜기를 벗어났다.

로빈은 쓰러진 거지의 품속에서 가죽 지갑을 찾아냈다. 그 속에는 놀랍게도 금화가 100파운드나 들어 있었다.

"이렇게 엄청난 부자 거지는 처음 보겠군. 이런 놈들을 살찌게 하느니 차라리 가난한 사람에게 적선해 주는 것이 낫지. 물론 우리도 조금은 써야겠지만 말이야."

로빈은 지갑을 챙긴 뒤 쓰러진 두 거지에게 술병을 내밀며 말했다.

"형제들이여, 고맙네. 자네들의 건강을 빌겠어. 나에게 베푼 친절은 절대 잊지 않겠네. 그럼 안녕!"

로빈은 웃으며 다시 길을 떠났다.

꽤 많이 걸어서 다리가 아팠다. 잠시 쉬어 갈 생각으로 길 옆 잔디밭에 앉아 다리를 쭉 폈다.

'이제 그만 셔우드 숲으로 돌아갈까? 리틀 존은 지금 무슨 재미있는 일을 하고 있을까?'

그런 생각을 하고 있는데 저만치에 말을 탄 사나이가 따각따각 다가오고 있었다. 그 사나이는 뼈에 가죽을 바른 것처럼 삐쩍 마르고 볼품없이 생겨서 도대체 나이가 얼마나 되는지 짐작할 수가 없었다.

사내가 탄 말도 주인을 닮아 바싹 말라 있었다. 사나이는 보통 사람들이 신는 가죽신 대신 커다란 나막신을 신고 있었다. 그 모습이 너무 괴상해서 로빈은 눈물이 나올 정도로 웃어 댔다. 한참을 웃다가 생각해 보니 그 사내는 워크숍에 사는 돈 많은 쌀장수였다. 그는 쌀을 헐값으로 한꺼번에 많이 사 두었다가 쌀이 귀할 때 비싸게 팔아 돈을 많이 벌었다. 그렇게 번 돈으로 다시 돈놀이를 해서 돈을 더 많이 모은 소문난 수전노였다. 사람들은 모두 그 쌀장수를 미워했다.

로빈은 잽싸게 쌀장수 앞으로 다가갔다.

그러고는 허리를 굽히며 공손하게 말했다.

"불쌍한 거지입니다. 한푼만 적선해 주십시오."

"썩 비켜, 이 거지놈아! 너 같은 거지는 죽어 버리든지, 감옥에 가든지 해서 없어지는 게 좋아."

쌀장수는 징그러운 벌레를 보듯 얼굴을 찌푸리며 큰 소리로 야단쳤다.

"이봐요, 형제. 나는 진짜 거지가 아니오. 그러니 그런 욕을 하시는 건 너무 심하잖소? 로빈 후드에게 돈을 빼앗길까 봐 거지 행세를 하는 것뿐이오. 이 돈주머니를 보구려."

로빈은 조금 전에 장님과 벙어리한테 빼앗은 가죽 주머니를

열어 금화를 보여 주었다.

"바보짓 좀 집어치워! 그렇게 변장했다고 로빈을 속일 수 있다고 생각해? 그놈은 너같이 돈 많은 거지나 나처럼 잘사는 사람을 원수로 여긴다고."

"그게 정말이오? 그렇다면 이를 어쩌나! 나도 로빈 후드가 있는 셔우드 숲을 지나가야 하는데……."

로빈은 시치미를 떼고 몹시 걱정스러운 표정을 지었다.

쌀장수는 로빈의 말은 들은 체 만 체 말을 몰고 앞서 갔다. 로빈도 뒤따라갔다. 쌀장수는 로빈이 따라오는 것이 몹시 못마땅한 눈치였다.

얼마 뒤 둘은 셔우드 숲 근처에 도착했다.

"이거 큰일이네. 혹시 셔우드 숲의 도적들이 나타나면 어쩌지? 설마 그놈들이 나타나지는 않겠지요?"

"그래서 말인데 나도 돈이 자네만큼은 있어. 자그마치 200파운드지. 하지만 난 그놈들이 나타나 지랄 발광을 해도 찾지 못할 곳에 숨겼지."

"어이쿠, 그 많은 돈을 어디에다 감추었소?"

로빈은 짐짓 감탄하는 표정을 지으며 쌀장수를 쳐다보았다.

"내 나막신을 보게. 이게 바로 멋진 돈 상자야. 번쩍번쩍 빛나는 금화가 한쪽 발에 100파운드씩 들어 있지.”

쌀장수는 매우 만족스러운 표정으로 웃었다.

로빈도 따라 크게 웃었다. 로빈의 웃음소리가 너무 커서 쌀장수가 오히려 어리둥절한 표정으로 바라보며 작은 소리로 나무랐다.

“그렇게 웃으면 큰일 나. 셔우드 숲의 도적놈들이 우리가 있는 곳으로 쫓아올지도 모른단 말이야.”

그 말이 끝나기가 무섭게 로빈이 말고삐를 잡으며 말했다.

“그래, 말 잘했어, 형제! 벌써 내가 왔거든. 어떤 변장을 해도 로빈 후드는 속일 수 없지.”

“이 거지가 지금 무슨 소리를 하는 거야!”

쌀장수는 무슨 소리인지 모르겠다는 듯 어리둥절한 표정으로 말했다.

“내가 바로 로빈 후드란 말이다. 교활한 늙은 여우 같으니라고! 나막신 바닥이라. 참 희한한 생각이군. 그 나막신을 벗어 두고 가면 목숨만은 살려 주겠다.”

쌀장수는 로빈 후드란 말에 부들부들 떨기 시작했다. 말에서 떨어지지 않으려고 갈기를 꽉 움켜잡았다. 그러고는 얼른 나막신을 벗어 아래로 떨어뜨렸다.

로빈은 말고삐를 쥔 채 나막신을 집었다.

"잘 가게, 늙은 형제. 이 돈은 가난한 사람들과 나눠 쓰겠네. 당신같이 가난한 사람들의 간을 빼먹는 욕심쟁이 수전노는 두 번 다시 셔우드 숲 근처에 나타나지 않는 게 좋을 거야. 또 나타나면 그때는 당신 몸에 화살이 박히게 될지도 모르거든. 그럼 잘 가시게나."

로빈은 말의 배를 힘껏 때린 뒤에 말고삐를 놓았다.

쌀장수는 말에서 떨어지지 않으려고 몸을 웅크리고 비명을 지르며 멀어져 갔다.

로빈은 그런 쌀장수를 바라보며 유쾌하게 웃었다.

왕후의 초청을 받다

날씨가 몹시 무더웠다. 셔우드 숲은 여름 햇살을 받아 더욱 윤
기가 흘렀다.

어느 날 셔우드 숲 근처 주막에 화려한 옷을 입은 젊은이가 나
타났다. 주막 한쪽에서는 건장한 청년 다섯 명이 맥주를 마시고
있었다. 화려한 옷을 입은 젊은이는 포도주를 청했다. 젊은이는
포도주 잔을 높이 들며 모두에게 들리도록 크게 외쳤다.

"우리 엘리너 왕후 폐하의 건강과 행복을 위해! 그리고 왕후
께서 만나고 싶어 하시는 셔우드 숲의 왕자 로빈 후드를 내가 꼭
만날 수 있기를 빌며, 건배!"

젊은이의 말에 한쪽에서 맥주를 마시던 청년들이 깜짝 놀랐

다. 그중 한 사람이 젊은이에게 다가갔다.

"그대는 무슨 일로 로빈 후드를 만나려는 거요? 왕후는 또 무슨 일로 그를 만나고 싶어 하신단 말인가? 내가 로빈 후드를 조금 아는 사람이라서 묻는 거요."

"그것은 말할 수 없소. 다만 로빈 후드 그분에게 좋은 소식을 가지고 왔으니, 계신 곳을 알면 안내해 주시오."

젊은이는 자기가 왕후의 시종인 퍼딩턴이라고 신분을 밝히며 로빈에게 안내해 달라고 했다.

"그대는 무척 정직해 보이는구려. 또 왕후께서도 모든 사람에게 친절하시며 거짓말을 하지 않으시는 분이라고 들었소. 우리를 따라오시오."

청년들은 젊은이를 데리고 주막을 나섰다.

그때 로빈은 마리안과 풀밭에 앉아서 아란이 부르는 아름다운 노래를 듣고 있었다. 아란의 노래는 언제 들어도 즐거웠다. 주막에 갔던 로빈의 부하들이 백마를 탄 퍼딩턴을 데리고 왔다. 차림새가 화려하고 기품 있는 젊은이를 보자 로빈은 예사 사람이 아니라는 것을 금방 알아보았다.

말에서 뛰어내린 젊은이는 예의를 갖추려고 모자를 벗어 들더니 로빈 앞으로 걸어왔다.

“어서 오시오, 젊은 친구. 그런데 귀한 분이 이 험한 곳까지 무
슨 일로 오셨소?”

“로빈 후드, 이렇게 만나게 되어 참으로 기쁩니다. 엘리너 왕
후께서 저를 보내셨습니다. 왕후께서는 영국 제일의 궁사이자

가난한 백성들을 잘 보살핀다는 그대를 꼭 만나고 싶어 하십니다. 사흘 뒤 핀즈버리 경기장에서 열리는 활쏘기 대회에 그대를 초청하는 초청장을 보내셨습니다.”

“왕후께서 그런 대회에 왜 나를 초청하셨단 말이오?”

“왕후께서는 영국 제일의 명사수인 그대에 대해 궁금한 게 많으십니다. 그리고 활 쏘는 모습도 꼭 한번 보고 싶어 하십니다. 대회가 끝나면 안전하게 셔우드 숲으로 돌아오도록 해 주겠다고 하셨습니다. 약속의 뜻으로 이 반지도 주셨습니다.”

퍼딩턴은 왕후가 보낸 초청장과 번쩍번쩍하는 금반지를 내놓았다.

“왕후와 함께 왕도 이 대회에 참석하십니다.”

로빈은 반지를 받아 입을 맞추고 손가락에 끼웠다.

“나는 목숨보다 이 반지를 더 소중히 여길 것입니다. 기쁜 마음으로 왕후의 명령에 따르리다. 부하 리틀 존과 레드 윌, 그리고 음유시인 아란을 데리고 그대와 함께 런던으로 가서 왕후를 뵙겠습니다.”

로빈은 진심으로 감격해서 퍼딩턴에게 굳게 약속했다.

리틀 존과 레드 윌, 아란도 펄쩍펄쩍 뛰며 좋아했다.

당장 런던으로 떠날 준비를 시작했다.

로빈 일행은 시종 퍼딩턴을 따라 무사히 런던에 도착했다. 왕후는 네 명의 셔우드 숲 사람들을 반갑게 맞이했다.

로빈의 모험 이야기를 들을 때는 손뼉을 치며 좋아했다. 그리고 귀한 손님으로 대접했다.

드디어 활쏘기 대회 날이 되었다. 300명의 근위병이 활쏘기 대회에 참가했다. 왕인 헨리 2세가 자랑하는 근위병들이었다. 왕과 왕후는 황금 마차를 타고 대회장에 나왔다.

대회 규칙이 발표되었다. 예선에서는 한 사람이 화살 일곱 개씩을 쏘아서 열 사람을 뽑고, 본선에 나간 열 사람이 다시 화살 세 개씩을 쏘아서 1, 2, 3등을 뽑는 것이었다.

일등 상은 금화 50파운드와 금 조각을 박은 뿔피리, 그리고 좋은 화살 30개가 든 전통이었다. 그 화살에는 멋진 백조 깃까지 달려 있었다. 이등은 수사슴 00마리를, 삼등은 좋은 포도주 두 통을 받게 되어 있었다.

대회가 시작되었다. 300명의 근위병들이 진지하게 활을 쏘았다. 곧 본선에 나갈 열 명의 이름이 발표되었다.

구경하던 왕후가 왕에게 물었다.

"폐하께서는 저 열 명의 궁수가 영국에서 가장 뛰어난 명사수라고 생각하십니까?"

“하하하, 물론이오. 영국뿐만 아니라 이 세계에서 가장 뛰어난 궁수일 거요.”

왕이 자랑스럽게 대꾸했다.

“하오나 만약 이 대회에서 일등으로 뽑힌 근위병보다 더 뛰어난 궁수가 나온다면 어떻게 하시겠습니까?”

“그런 일은 있을 수 없을 거요. 만약 있다면 나는 그에게 내가 할 수 없는 일을 해냈다고 말하겠소.”

왕은 왕후를 바라보며 재미있다는 듯 껄껄껄 웃었다.

“믿지 못하시겠지만 저는 그런 사람들을 알고 있습니다. 제가 아는 세 사람과 폐하께서 300명의 근위병 중에서 뽑은 세 사람을 겨루게 해 보고 싶습니다. 만약 그들이 폐하의 근위병을 이긴다면 지금은 자유롭지 못한 그들에게 자유를 주겠다고 약속하실 수 있겠습니까? 약속해 주시면 세 궁수와 시합을 하도록 하겠습니다.”

“내 근위병을 이길 사람은 없겠지만 만약 그런 사람이 있다면 왕후의 말대로 하겠소. 그들이 무슨 죄를 지었든 틀림없이 자유를 보장하겠소. 자유뿐만 아니라 상품도 주겠소. 그런데 말이오, 왕후께서 왜 갑자기 그런 이야기를 하시는 거요? 나하고 무슨 내기를 해 보고 싶으신 거요?”

"그런 건 아닙니다. 하지만 만일 폐하께서 내기를 하시겠다면 저는 기꺼이 받아들일 것입니다. 폐하께서는 무엇을 거시겠습니까?"

왕후가 웃으며 말했다. 왕도 호탕하게 웃었다.

"영국에서 가장 좋은 포도주 10통과 가장 독한 맥주 10통, 그리고 제일 좋은 활 10개, 또 거기에 걸맞은 전통과 화살을 걸겠소. 이만하면 되겠소?"

"물론입니다. 저는 보석이 촘촘히 박힌 띠를 걸겠습니다. 이것은 폐하께서 거신 것보다 훨씬 값진 것입니다."

"좋소! 이거 아주 흥미진진하게 되었구려. 왕후께서 자랑하는 그 궁수들을 얼른 데리고 오시오."

"알겠습니다."

왕후는 젊은 시종 퍼딩턴을 손짓해 불렀다. 그리고 귀엣말로 무엇인가 소곤소곤 일렀다.

열 명이 본선을 겨루어 1, 2, 3등이 가려졌다. 모두가 영국 제일임을 자랑하는 명사수들이었다.

구경하던 사람들이 대회장이 떠나가라 함성을 지르며 그들을 축하했다.

그때, 퍼딩턴의 안내로 셔우드 숲에서 온 세 사람이 왕과 왕후

앞에 나타났다. 그들은 무릎을 꿇고 정중히 절을 했다.

왕은 그들의 행색을 보자 얼굴을 찡그렸다.

왕후가 로빈 일행을 보며 말했다.

"나는 그대들이 근위병 세 사람과 활쏘기 시합을 하게 되면 반드시 이길 거라고 폐하와 내기를 했소. 나를 위해 최선을 다해 주기 바라오."

"알겠습니다, 왕후님! 왕후님을 위해서라도 최선을 다해 이기겠습니다. 만약 우리가 진다면 앞으로 다시는 활을 쏘지 않겠습니다."

로빈이 자신 있게 대답했다.

왕은 세 사람의 행색이 영 마음에 들지 않았지만 왕후와의 약속 때문에 하는 수 없이 활쏘기 시합을 허락했다.

"길버트와 하버트, 티프스는 들어라. 난 그대들과 여기 있는 세 궁수와의 시합을 허락하고, 왕후와 내기까지 했다. 그러니 절대로 져서는 안 된다. 알겠느냐?"

왕이 못마땅한 마음을 꾹 참으며 말했다.

"예, 꼭 이겨서 폐하의 은총에 보답하겠습니다!"

1등을 한 길버트가 자신 있게 대답했다. 시골뜨기 세 사람쯤은 우습게 보였다.

곧 시합이 시작되었다. 세 사람이 각기 세 대씩 화살을 쏘아 점수를 합산하기로 하였다.

근위병들의 실력도 대단했지만 로빈과 리틀 존, 레드 윌 세 사람의 적수는 되지 못했다. 결과는 셔우드 숲에서 온 사람들의 승리로 끝났다.

왕은 몹시 기분이 언짢은 표정이었다. 왕후와의 약속 때문에 당장은 어쩌지 못하지만 런던에 더 있다가는 무슨 일을 당할지 모를 분위기였다.

그날 밤 늦게 로빈이 묵고 있는 숙소로 어떤 귀부인이 급하게 찾아왔다.

"로빈 후드, 나는 당신이 잘 아는 귀부인이 보내서 온 사람입니다. 그분은 '사자가 짖고 있다. 목을 조심하라.'는 말을 전하라고 하셨습니다."

로빈은 왕후가 보낸 시종임을 금방 알 수 있었다.

왕이 그들을 해칠지도 모른다는 사실을 알려 주는 것이었다. 로빈은 그곳에서 꾸물거릴 때가 아님을 알았다.

"지금 이러고 있을 때가 아니다! 서둘러 떠나야 해."

네 사람은 급히 행장을 챙겨 말을 타고 런던을 떠났다.

혼자 수도원에 갔다가

신록이 눈부신 어느 5월이었다. 로빈이 몹시 우울한 표정으로 나무 밑에 앉아 있었다. 셔우드 숲에서 보낸 20여 년의 세월을 생각하니 절로 마음이 우울해졌다. 억울한 일을 당하거나 가난한 백성들을 위해 좋은 일도 많이 했지만, 그는 귀족들과 신부들로부터 도적의 괴수로 불리며 증오의 대상으로 살아야 하는 몸이었다. 언제 어떤 일을 당할지 모르니 늘 가슴이 답답하기만 했다.

"삼촌, 왜 그러고 계세요? 이렇게 화창한 날에 우울한 표정을 짓고 계시는지……."

레드 윌이 다가서며 걱정스럽게 물었다.

"날씨가 좋으니 옛날 성당에 다닐 때 생각이 나는구나. 그때는 참 좋았는데…….."

로빈의 얼굴에는 옛날에 대한 그리움으로 슬픈 미소가 스쳐 지나갔다.

"그렇지만 노팅엄에 가기 전엔 성당이 없는데 그런 생각을 하면 뭘 하겠어요?"

레드 윌의 말에 로빈이 벌떡 일어섰다.

"이런, 왜 여태까지 그 생각을 못 했을까? 노팅엄에 있는 성당에 가면 되잖아!"

로빈은 갑자기 소풍이라도 떠나게 된 아이처럼 신이 나서 성당으로 떠날 준비를 했다.

리틀 존이 위험하다며 아무리 말려도 듣지 않았다. 로빈은 따라가겠다는 부하들을 모두 물리치고 혼자 노팅엄으로 갔다.

성문을 지키는 병사들은 농부 차림을 한 로빈을 아무도 알아보지 못했다.

로빈은 곧장 센트메리 성당으로 갔다. 미사가 시작되었다. 로빈은 제대 앞에 공손히 무릎을 꿇고 기도를 드렸다. 친구들을 뿌리치고 온 것이 미안했다.

"충실한 부두목 리틀 존과 내 친구들의 마음을 상하게 하고 여기 온 죄인 로빈을 용서하여 주옵소서!"

이때 성당의 회계 신부가 들어왔다. 회계 신부는 로빈에게 잡혀 돈을 800파운드나 빼앗긴 적이 있어서 로빈을 금방 알아보았다.

신부는 파랗게 질린 얼굴로 성당을 뛰쳐나갔다.

"로빈이다. 로빈! 반역자 로빈 후드가 성당에 나타났다!"

신부는 악을 쓰듯 외치며 노팅엄 장관의 집으로 달려갔다.

"뭐, 로빈 후드? 그 악당이 성당에 왔다고?"

장관은 성문을 모조리 닫게 하고는 병사들을 데리고 성당으로 달려왔다.

"저기 있어요. 숲속의 늑대 로빈 후드가 저기 있습니다."

회계 신부가 로빈을 가리켰다.

이미 성당 문이 굳게 닫혀 로빈은 꼼짝할 수가 없었다. 저항도 못 하고 붙잡힌 로빈은 꽁꽁 묶인 채 병사들에게 포위되어 감옥으로 끌려갔다.

로빈은 감옥의 제일 구석진 방에 갇혔다. 문에는 자물쇠가 세 개나 채워지고 평소보다 세 배나 많은 병사들이 지켰다.

"장관님! 숲의 반역자를 잡으면 당장 목을 치신다더니 로빈은 왜 목을 치지 않으십니까?"

회계 신부는 장관에게 로빈을 알려 준 것이 꺼림칙해서 빨리
죽이라고 재촉했다.

"나도 그러고 싶네. 그러나 로빈을 잡더라도 처형하지 말라는
왕의 명령이 있었다네."

장관은 회계 신부 못지않게 로빈의 목을 치고 싶었다. 하지만
그렇게 할 수 없어 몹시 아쉬웠다.

"무엇 때문에요?"

회계 신부는 가슴이 철렁 내려앉는 것 같았다.

"로빈의 평판이 높으니까 아마도 어떻게 생겼는지 보고 싶으
신가 봐."

회계 신부는 왕에게 알려서 빨리 로빈의 목을 베어야 한다며
투덜거렸다.

한편 셔우드 숲에서는 로빈이 돌아오지 않자 모두 밤을 새며
걱정을 했다. 날이 밝기도 전에 변장한 리틀 존과 매치는 노팅
엄으로 가서 성문이 열리기를 기다렸다.

이윽고 성문이 열렸다. 말을 탄 두 사람이 밖으로 나왔다. 로
빈을 고발한 회계 신부와 그의 수하였다.

"앗, 저놈은 센트메리 성당의 회계 신부야. 매치, 빨리 따라가
보자."

리틀 존은 회계 신부에게 다가갔다.

"말씀 좀 묻겠습니다. 어제 로빈 후드라는 악당이 잡혔다는데 정말입니까?"

"허, 소문 한번 빠르군. 그놈은 어제 센트메리 성당에서 잡혔다네. 다 지혜로운 내 덕분이지."

"그것 참 잘됐습니다. 우리는 그놈한테 돈을 빼앗겼지요. 잡혔다니 속이 다 시원합니다."

"자네도 그런가? 나도 그놈에게 800파운드나 빼앗겼던 사람이네. 그래서 멋지게 복수를 해 주었지. 하하하! 그 녀석이 성당에 온 것을 내가 장관에게 알렸으니까 나는 상금을 두둑하게 받을 거야."

"그러셨군요! 저희도 감사를 드립니다. 신부님께 고마움의 뜻으로 숲을 지나는 길까지 모셔다 드리면 어떨까요? 그 숲에 사는 로빈 후드의 부하들이 앙심을 품고 신부님에게 어떤 짓을 할지 걱정이 되니까요."

이야기를 듣고 보니 그도 그럴듯했다.

"하긴 그렇군. 원한다면 함께 가세."

두 사람은 바쁘게 뒤따라 걸었다.

회계 신부는 왕에게 보내는 장관의 보고서를 갖고 있다며 가

는 내내 우쭐거렸다.

로빈을 체포했다는 보고서라고 했다.

숲속에 이르자 말없이 따라오던 리틀 존이 갑자기 말고삐를 낚아채며 신부를 끌어내렸다.

“이게 무슨 짓이냐! 너는 누구냐?”

“나는 로빈의 부하 리틀 존이다!”

회계 신부는 깜짝 놀라 망토 속에서 단도를 꺼냈다. 그러나 리틀 존의 칼이 먼저 신부를 찔렀다. 신부의 부하는 매치가 쓰러뜨렸다.

“자, 두목의 원수를 처치했으니, 이제는 그들이 할 일을 우리가 해야지.”

리틀 존은 신부의 품에서 편지와 돈을 챙겨 넣고 런던으로 향했다. 리틀 존과 매치는 멋진 옷을 사 입고 노팅엄의 관리로 위장했다.

왕궁에 도착한 리틀 존과 매치는 정중히 무릎을 꿇고 왕에게 보고서를 올렸다.

“왕이시여, 저희들은 노팅엄의 장관으로부터 중대한 보고서를 갖고 왔습니다.”

편지를 읽은 왕은 매우 기뻐하며 신하들에게 말했다.

"기쁜 소식이군. 노팅엄의 장관이 반역자의 두목 로빈 후드를 잡아 놓고 짐의 지시를 기다리고 있다. 경들은 어떻게 하는 게 좋다고 생각하느냐?"

"그런 악당은 당장 목을 베어야 합니다."

"짐은 그를 만나고 싶다. 짐이 이 나라를 지배하듯이 그는 숲을 지배하고 있다. 무엇이 그를 지배자로 만들었는지 직접 보고 알아야겠다."

왕은 이렇게 말하며 리틀 존을 내려다보았다.

"이 편지에는 장관이 센트메리 성당의 회계 신부를 사자로 보낸다고 했는데, 그 신부는 어찌 되었느냐?"

리틀 존은 이 물음을 예상하고 있었기 때문에 거침없이 대답했다.

"신부는 오는 도중에 갑자기 병으로 숨을 거뒀습니다. 죽으면서 수행하던 저희들에게 임무를 맡겼습니다."

왕은 고개를 끄덕였다.

"짐은 그를 만나고 싶다. 너희들은 노팅엄으로 가서 로빈을 데리고 다시 이리로 오거라."

리틀 존과 매치는 왕의 서명이 든 편지를 가지고 노팅엄으로 돌아갔다.

노팅엄의 성문은 굳게 닫혀 있었다. 로빈이 잡혀 있기 때문에 경비가 몹시 삼엄했다.

"급한 용무다. 빨리 성문을 열고 우리를 장관에게 안내해라."

왕의 명령서를 갖고 왔다니까 경비병은 급히 성문을 열었다.

임금의 신하로 위장한 리틀 존과 매치는 말을 타고 유유히 장관의 관저로 갔다.

급히 달려 나온 장관에게 왕의 편지를 내밀었다.

"왕께서는 이 반역자를 어떻게 하신다고 하셨는지요?"

"만나 보고는 곧 교수형에 처할 것이라고 하셨습니다."

리틀 존이 서슴지 않고 이렇게 대답했다.

"참, 신부는 어찌 됐습니까? 왕으로부터 많은 상금을 받을 것이라며 자원해서 갔는데요."

"아, 그 신부 말입니까? 왕께서 상금뿐만 아니라 굉장히 많은 토지와 성당까지 내렸지요. 그래서 신이 나서 성당으로 바로 갔습니다."

장관은 그날 밤, 왕의 사자를 위해 큰 잔치를 베풀었다.

다시 숲으로 돌아오다

잔치가 끝나자 모두 깊은 잠에 빠졌다.

리틀 존은 매치에게 속삭였다.

"자, 시작해야지."

술에 취한 병사들이 잠든 방을 지나 장관의 침실로 갔다. 장관도 깊이 잠들어 있었다. 리틀 존은 장관의 손가락에서 반지를 뽑아 주머니에 넣었다.

"됐다. 어서 가자!"

리틀 존은 매치를 데리고 로빈이 갇혀 있는 방으로 갔다. 칼끝으로 방문을 두드렸다.

"누구냐? 한밤중에 문을 두드리는 놈이……."

방을 지키던 간수가 칼을 뽑아 들고 달려왔다.

"조용히 해라. 로빈 후드가 달아났다는 보고가 있어 확인하러 왔다."

리틀 존은 위급한 상황인 척 다급하게 말했다.

"그 녀석이 어디로 도망쳐. 지금 방구석에 처박혀 자고 있는데. 너희는 누구냐?"

간수가 의심하는 눈초리로 뚫어지게 바라보며 물었다.

"무례한 놈, 어서 문을 열지 못할까? 우리는 왕의 사자다. 그리고 장관의 지시를 받고 왔다. 이걸 봐라."

리틀 존은 장관의 반지를 내보였다. 그래도 간수는 여전히 고개를 갸웃거리며 선뜻 문을 열지 않았다. 리틀 존이 눈을 무섭게 치뜨며 윽박질렀다.

"만약 로빈 후드가 도망을 쳤으면 그놈 대신 네 목을 매달 줄 알아라! 다 네가 꾸물거린 탓이니까."

간수는 그제야 얼른 방문 쪽으로 갔다. 순간 리틀 존이 뒤에서 간수의 목을 졸랐다. 그러고는 간수에게서 열쇠를 빼앗아 자물쇠를 열었다. 자물쇠는 세 개나 되었다.

어둠 속에 웅크리고 있는 로빈의 모습이 보였다.

"두목! 나 리틀 존이오. 빨리 나가야 하오."

매치는 바깥을 지키고, 리틀 존은 로빈을 꽁꽁 묶은 밧줄을 풀었다.

"리틀 존, 고맙다. 빨리 나가자."

리틀 존은 로빈에게 칼을 건네주었다.

그때 바깥에서 매치의 고함 소리가 들렸다. 로빈과 리틀 존이 급히 방을 뛰쳐나갔다.

매치가 다섯 명의 병사들에게 둘러싸여 싸우고 있었다.

"이놈들, 내 칼을 받아라!"

로빈이 칼을 휘두르며 달려가자 병사들은 모두 달아났다.

얼마 후 성 위의 종이 요란스럽게 울렸다.

"빨리 뛰자. 종소리를 듣고 병사들이 모두 달려올 거야!"

리틀 존이 제일 앞에서 뛰었다. 로빈과 매치가 뒤를 따랐다. 병사들이 사방에서 몰려왔다.

놀라서 잠이 깬 사람들도 모두 거리로 쏟아져 나왔다.

"왜 종을 쳤지? 무슨 일이야?"

"화재도 아니고, 어디 도둑이 들었나?"

병사들은 위급함을 알리는 종소리에 뛰어나오긴 했지만 무슨 일인지 몰라 갈팡질팡 소란만 피웠다.

그때 장관의 부하들이 말을 타고 달려오며 외쳤다.

“로빈 후드가 달아났다! 어서 로빈 후드를 잡아라!”

세 사람은 이대로 달아나다가는 잡힐 것만 같았다.

로빈이 말했다.

“안 되겠다. 성안의 사람들이 더 많이 나올 때까지 잠깐 숨어서 기다리도록 하자.”

“병사와 사람들이 더 많이 나오면 달아나기가 더 어려울 텐데, 어쩌려고요?”

“아니야. 사람들이 많으면 그들 사이에 끼어서 달아나는 게 더 안전할 거야.”

사람들이 좀 더 많아지자 로빈 일행은 사람들 속에 끼어서 뒷골목으로 들어섰다.

거기에는 ‘유쾌한 사람들’의 정보원인 구둣방 로프의 집이 있었다. 리틀 존이 창문을 두드리며 작은 소리로 로프를 불렀다.

“로프! 나야. 로프 있나?”

로프가 급히 뛰어나와 세 사람을 맞아들였다.

“걱정하고 있었네. 이리로 오게. 빨리 이곳을 빠져나가야 하네. 시간이 없어.”

로프는 지붕으로 올라가 세 사람 허리에 밧줄을 묶어서 성 밖으로 내려 주었다.

“대장, 조심해서 가세요!”

로프가 걱정스럽게 바라보며 로빈 후드에게 인사를 했다.

“고맙네. 이 은혜는 절대 잊지 않겠네.”

로빈과 일행은 바람처럼 재빨리 노팅엄을 빠져나가 숲으로 달려갔다.

장관은 로빈을 놓친 것보다 리틀 존과 매치에게 속은 것이 더 분해서 미칠 지경이었다.

“으, 분하다. 어떻게든 그놈들을 잡아라. 못 잡으면 왕은 내 목을 조를 거다.”

“성문이 굳게 닫혀 있으니 놈들은 아직 성안에 있습니다. 꼭 잡겠습니다.”

병사들은 이렇게 말하며 성안을 구석구석 샅샅이 뒤졌지만 로빈의 그림자도 찾지 못했다.

그때 셔우드 숲에서는 로빈을 맞이한 부하들이 환호성을 올리고 있었다.

헌팅턴 후작, 로빈의 죽음

그로부터 몇 달이 지났다. 헨리 2세가 죽고 아들 리처드가 왕이 되었다. 새 왕은 백성들의 생활을 알아보기 위해 신부로 변장하고 전국을 한 바퀴 순행했다. 그러는 동안 로빈과 셔우드 숲의 사람들 이야기를 많이 듣게 되었다. 그리고 백성들이 그들을 의로운 영웅으로 생각한다는 것을 알고 깜짝 놀랐다.

새 왕은 훌륭한 무사를 좋아했다. 노팅엄에 도착한 리처드왕이 노팅엄의 장관에게 말했다.

"나는 다른 지방에서 셔우드 숲의 로빈 후드와 그 부하들에 대한 이야기를 많이 들었다. 장관, 그대는 로빈 후드에게 혼이 난 적이 많다면서요?"

장관은 얼굴이 빨개져 어쩔 줄 몰라 하며 말했다.

"그렇지만 언젠가는 그놈을 꼭 잡아서 왕께 바치겠습니다."

"지금까지도 못 잡았는데 어떻게 잡겠나? 그만두게."

리처드왕은 로빈을 꼭 만나고 싶었다.

리처드왕은 수행하는 일부 신하들과 함께 신부로 변장을 하고 길을 떠났다. 셔우드 숲 가까이 갔을 때 로빈의 부하들이 달려나왔다.

"우리는 그대들의 두목인 로빈 후드를 만나 그 사람의 이야기를 듣고 싶어 온 신부들이네. 모두 빈손으로 왔으니 두목에게 안내해 주게."

나이 많은 신하가 말했다. 로빈의 부하들은 신부로 변장한 왕 일행이 모두 점잖은 사람들임을 보고 로빈에게로 안내했다.

로빈은 예의를 갖추어 정중히 맞이했다. 맛있는 음식과 좋은 술이 나왔다. 로빈이 술잔을 들며 말했다.

"위대하신 리처드왕을 위하여 건배!"

술을 마시면서 리처드왕이 신하들의 힘자랑을 했다.

"내 수하 신부들은 무술도 뛰어나지만 주먹도 아주 셉니다."

"아, 그래요? 그렇다면 신부님의 주먹은 얼마나 센지 궁금하군요."

로빈이 왕의 주먹을 슬쩍 훔쳐보며 말했다.

"원한다면 내기를 해도 좋소. 어떻소, 해 보겠소?"

왕이 주먹을 들어 보이며 로빈에게 물었다.

"그럼 신부님이 그 주먹으로 나를 때려 보시오. 만약 한 방에 나를 쓰러뜨리면 50파운드를 주겠소."

"좋소. 약속을 했으니 꼭 지켜야 하오."

왕은 소매를 걷어붙이고 로빈의 가슴을 힘껏 쳤다.

주먹이 얼마나 센지 단 한 방에 로빈은 뒤로 벌렁 나가떨어졌다. 정신이 얼떨떨했다.

"과연 신부님의 주먹은 셉니다. 약속대로 50파운드입니다."

로빈은 50파운드를 신부에게 건네며 고개를 절레절레 흔들었다. 그때였다. 장군 복장을 한 기사가 60여 명의 왕실 근위병을 이끌고 바람처럼 들이닥쳤다.

말에서 뛰어내린 기사가 로빈과 주먹으로 때리기 시합을 했던 신부 앞에 무릎을 꿇었다.

"폐하, 아무 일 없으십니까?"

"있었지. 내가 주먹 내기를 해서 로빈 후드를 쓰러뜨리고 50파운드를 벌었거든."

로빈은 눈이 휘둥그레졌다. 신부라고 생각했던 사람이 리처드

왕이라니 너무도 뜻밖이었다.

"폐하, 죽을죄를 지었습니다."

로빈은 황급히 왕 앞에 무릎을 꿇었다. 셔우드 숲의 사람들도 모두 무릎을 꿇고 엎드렸다.

그 모습을 보고 리처드왕이 빙그레 웃었다.

"잘 들어라. 나는 훌륭한 무사를 사랑한다. 그들이 위대한 우리 영국을 지킬 것이기 때문이다. 그렇지만 이유가 무엇이든 너희들은 짐의 숲을 무단으로 차지하고 오랜 세월 귀족과 신부들의 재산을 강탈하고 목숨까지 빼앗는 죄를 지었다."

로빈과 그의 부하들은 엎드린 채 떨면서 듣기만 했다. 리처드왕이 어떤 벌을 내려도 왕에게 대항할 수는 없으니 벌 받을 각오를 해야만 했다. 그런데 뜻밖의 말이 이어졌다.

"그렇지만 그대들이 그 죄를 씻을 만큼 어려운 백성들을 위해 좋은 일도 많이 했다는 것을 알게 되었다. 강탈한 재산을 가난한 백성들에게 나누어 주고, 귀족과 신부들로부터 피해를 입은 억울한 백성들의 원한을 대신 갚기도 했더구나. 하지만 앞으로는 지금처럼 숲에 숨어서 귀족이나 신부들을 괴롭히거나 도적질을 하는 것은 절대 용서하지 않겠다. 선왕 때에 모후 마마의 초청으로 런던의 활쏘기 대회에 왔던 네 사람은 나와 함께 런던으로 가 근위병으로 일하도록 하라. 나머지 무사들은 모두 여기 남아 나의 숲을 지키는 산림관으로 일하거나 집으로 돌아가 성실하게 살도록 하라."

"리처드왕 만세! 만세, 만만세!"

왕의 은총에 감동한 셔우드 숲의 사람들은 펄쩍펄쩍 뛰며 만세를 불렀다. 죄인이 되어 숲에 숨어 살던 사람들이 비로소 모든 죄를 용서 받고 왕의 신하가 된 것이다. 게다가 더 이상 쫓기지 않고 그리운 가족의 품으로 돌아갈 수 있게 되었으니 더 바랄 게 없었다.

다음 날, 왕은 노팅엄을 떠났다.

로빈 부부와 리틀 존, 레드 윌과 아란 부부는 리처드왕을 따라 런던으로 가서 왕의 근위병 장교가 되었다.

그로부터 2년 뒤 리틀 존과 레드 윌은 왕의 허락을 받고 고향으로 돌아갔다. 근위병 장교의 규칙적인 생활보다 셔우드 숲에서 산림관이 된 오랜 친구들과 어울려 자유분방하게 살고 싶었던 것이다. 그러나 결혼한 로빈과 아란은 왕의 신임과 사랑이 두터워 벼슬에서 물러나지 못했다.

로빈은 무사를 좋아하는 왕과 싸움터에도 여러 번 나갔다. 그때마다 큰 공을 세워서 벼슬이 자꾸 높아졌다. 마침내 그는 헌팅턴 후작이라는 귀족으로 봉해졌다.

세월이 많이 흘렀다. 리처드왕은 사자왕이라는 이름처럼 싸움터에서 사자처럼 용감하게 싸우다가 전사했다.

그 후 그의 동생 존 왕자가 왕이 되었다. 존왕은 로빈 후작을 좋아하지 않았다. 로빈이 싸움터에서 승리를 거두고 지쳐서 돌아와도 별로 반기지 않았다.

로빈은 이제 런던을 떠날 때가 되었다고 생각했다.

"폐하, 소신은 이제 늙었습니다. 초야로 돌아가 조용히 살고 싶습니다. 허락하여 주소서!"

"그래요? 그동안 선왕을 도와 나라를 위해 많은 공을 세웠으니 그렇게 하시구려."

로빈을 거추장스럽게 생각하던 존왕은 그의 청을 기다렸다는 듯 받아 주었다.

로빈 부부는 아란 부부와 함께 참으로 오랜만에 셔우드 숲으로 향했다. 셔우드 숲을 돌아보니 옛 부하들이 그리워졌다. 로빈은 가지고 온 뿔피리를 꺼내 힘껏 불었다. 그 소리에 산림관이 되어 근처에 흩어져 살던 옛 부하들이 헐레벌떡 달려왔다.

"아이고, 두목님! 아니, 헌팅턴 후작님! 이거 얼마 만입니까?"

모두들 너무 반가워 눈물을 흘리며 얼싸안았다.

“나는 이제 헌팅턴 후작이 아니다. 옛날처럼 이 숲에서 너희들과 함께 로빈 후드로 살다가 죽을 것이다.”

로빈은 다시 만난 부하들과 옛일을 떠올리면서 한가롭게 숲에서 살았다. 나무 한 그루, 돌멩이 한 개까지도 정이 갔다. 참으로 행복한 나날이었다.

그러던 어느 날, 로빈은 뜻밖에도 열병에 걸리고 말았다. 그리고 끝내는 조용히 숨을 거두었다.

숲속 그의 무덤 앞에 놓인 비석에는 다음과 같은 글귀가 새겨져 있었다.

여기 조그만 돌 밑에 헌팅턴 후작, 로버트 잠들다.
그와 같은 훌륭한 사수는 없었나니, 사람들은 그를 ‘로빈 후드’라고 불렀노라.
그와 그의 부하와 같은 사람들을 영국에서 다시는 보지 못하리라.

-1227년 12월 24일-

세계명작 시리즈와 함께 논리·논술 Level Up!

● **이해 능력 Level Up!**

1. 『로빈 후드의 모험』은 어느 나라를 배경으로 한 이야기입니까?

    1) 한국   2) 일본   3) 중국   4) 영국   5) 프랑스

2. 『로빈 후드의 모험』은 어느 시대를 배경으로 한 작품입니까?

    1) 고대   2) 중세   3) 근세   4) 현대   5) 미래

3. 아래 글을 읽고, 로빈이 뛰어나게 잘하는 것은 무엇인지 고르세요.

    '좋은 기회야. 맥주 한 통을 상으로 받으면 그걸 팔아 용돈으로 써야지. 이 사실을 알면 마리안도 기뻐할 거야.'
    로빈은 열여덟 살이었다. 이제 막 청년으로 접어드는 나이지만 몸은 어른 못지않게 당당했고 힘도 셌다.
    검술도 대단했는데, 특히 활쏘기는 천하 명궁이었다.

    1) 활쏘기   2) 칼 쓰기   3) 창 쓰기   4) 말타기   5) 달리기

4. 『로빈 후드의 모험』에 나오지 않는 사람은 누구입니까?

    1) 리틀 존   2) 마리안   3) 하이드
    4) 리처드 경   5) 기스본의 가이

※아래 글을 읽고, 질문에 답하세요.(5~6)

"한동안 사슴을 죽이는 범인을 못 잡아서 노팅엄의 장관이 몹시 우울해했는데, 너를 잡았으니 장관도 이제 마음을 좀 풀겠군. 우리는 두둑한 상금을 받을 테고 말이야."
로빈은 억울하게 죄인이 되었는데, 산림관들은 그 공로로 상금을 받게 되는 모양이었다. 그때 한 산림관이 대장에게 말했다.
"대장, 이놈은 좀 유별난 놈 같으니 재미있는 방법으로 끌고 갑시다."
"재미있는 방법이라고?"
"네, 저놈이 죽인 사슴의 가죽을 벗겨서 그것을 입혀 끌고 가는 겁니다. 그래야 사람들이 왕의 사슴을 죽인 죄인이 어떻게 되는지 알게 될 거 아닙니까?"

5. 집을 떠난 로빈은 왜 왕의 사슴을 쏘았습니까?

  1) 활솜씨를 시험해 보려고
  2) 사슴을 잡아 시장에 팔려고
  3) 산림관들의 꾐에 빠져서
  4) 장관에게 선물로 바치려고
  5) 배가 고파 잡아먹으려고

6. 로빈에게 사슴을 쏘게 한 산림관들은 제일 먼저 어떻게 했나요?

  1) 로빈을 노팅엄성으로 끌고 갔다.
  2) 로빈에게 사슴 가죽을 입혔다.
  3) 로빈을 색슨족의 수레에 실었다.
  4) 로빈에게 사슴을 가지라고 했다.
  5) 로빈을 비웃으면서 매질을 했다.

7. 리틀 존이 변장을 하고 장관의 병사로 들어갔을 때의 이름은 무
   엇이었나요?

   1) 레이놀드   2) 매치
   3) 리처드 경   4) 기스본의 가이
   5) 레드 윌

8. 로빈을 가장 미워하며 잡으려고 애쓴 사람은 누구입니까?

   1) 왕의 병사들   2) 노르만의 귀족
   3) 숲을 지키는 산림관   4) 노팅엄성의 장관
   5) 애꾸눈 무사

9. 아래 글을 읽고, 마리안을 숲으로 데려간 세발트가 누구였는지
   답해 보세요.

> 마리안의 친척 아저씨는 말이 없고 고집이 센 노인이었다. 집 안은 늘 썰
> 렁했다. 하지만 아저씨의 젊은 하인인 세발트는 명랑하고 씩씩했다. 그는 어
> 렸을 때 로빈과 친구처럼 다정하게 지냈던 사이였다. 마리안에게는 그가 큰
> 위로가 되었다.

   1) 로빈과 친구처럼 지낸 친척 아저씨의 하인
   2) 마리안의 집 하인   3) 힘이 세고 말이 없는 사람
   4) 활쏘기를 잘하는 사람   5) 로빈을 숨겨 준 사람

10. 로빈이 길에서 만난 쌀 장수는 어디에 돈을 숨기고 있었습니까?

   1) 주머니   2) 쌀 포대   3) 허리춤   4) 나막신   5) 모자 속

11. 로빈을 만나러 온 엘리너 황후의 시종 이름은 무엇이었나요?

   1) 퍼딩턴   2) 리처드   3) 아나델   4) 로버트   5) 로빈슨

12. 신부의 편지를 빼앗아서 리틀 존과 함께 런던으로 간 사람은 누구입니까?

   1) 로빈   2) 윌   3) 매치   4) 헨리   5) 에드워드

13. 아래 글을 읽고, 원래 영국 땅에서 살고 있던 민족은 어느 민족이었는지 답하세요.

"마리안, 여기서는 아무것도 될 수 없어! 나의 활쏘기 실력은 너도 잘 알잖아. 나 정도면 틀림없이 왕을 모시는 근위병이 될 수 있어. 2년만 기다려 줘."

"노르만족 관리들은 색슨족 젊은이만 보면 반역자로 몰아서 모두 잡아간다잖아. 아니면 왕의 근위병들과 싸우다가 죽거나. 그러니까 제발 가지 마. 응?"

   1) 몽골족   2) 색슨족   3) 노르만족
   4) 슬라브족   5) 잉글랜드족

14. 헨리 2세의 뒤를 이어 영국 왕이 된 사람은 누구였나요?

   1) 헨리 3세   2) 버킹엄왕   3) 에드워드왕
   4) 리처드왕   5) 엘리자베스 여왕

15. 『로빈 후드의 모험』에 대한 설명으로 맞는 것을 고르세요.

   1) 작가가 모두 꾸며 쓴 이야기다.

   2) 실제로 있었던 이야기다.

   3) 전해 내려오는 이야기를 다시 정리했다.

   4) 로빈 후드라는 청년의 전기문이다.

   5) 누가 어떻게 썼는지 알지 못한다.

● 논리 능력 Level Up!

1. 로빈과 그의 부하들이 셔우드 숲에서 초록색 옷을 입고 지낸 이유
   를 찾아 써 보세요.

명궁에다 검술까지 뛰어난 로빈은 어느새 그들의 우두머리가 되었다. 사람들은 모두 로빈을 '두목님'이라고 불렀다. 그들도 로빈처럼 모두 푸른 옷을 입었다. 푸른 옷은 숲속에서 움직일 때 눈에 잘 띄지 않는데다가 로빈의 부하라는 뜻도 있었다.

2. 마리안은 고향을 떠나는 로빈을 가지 말라고 붙잡았습니다. 그
   이유는 무엇이었는지 써 보세요.

3. 노르만의 산림관들에게 붙잡혀 노팅엄으로 끌려가던 로빈은 어
   떻게 해서 풀려날 수 있었나요?

4. 아래 글을 읽고, 로빈이 살던 시대에 영국의 귀족과 관리들은 백
   성들을 어떻게 괴롭혔는지 써 보세요.

> 그 즈음 영국의 귀족과 관리들은 대부분 노르만족이었다. 그들은 다른 종족
> 들을 철저히 무시했다. 그뿐만 아니라 힘없는 백성들에게 지나치게 많은 세금
> 을 매겨서 재산을 긁어 갔다. 죄 없는 사람들을 잡아가 두들겨 패거나 감옥에
> 집어넣는 것은 예사였다. 이렇게 억울한 일을 당한 사람들이 도망쳐서 셔우드
> 숲으로 모여들었다. 셔우드 숲에는 푸른 옷을 입은 사람들이 하루가 다르게 자
> 꾸 늘어만 갔다.

5. 로빈에게 큰 현상금이 걸려 있었지만, 셔우드 숲의 사람들은 로
  빈을 신고하거나 붙잡지 않았습니다. 그 이유는 무엇이었나요?

6. 셔우드 숲의 부두목 리틀 존이 무사 레이놀드로 위장해서 장관의
  부하로 들어간 까닭을 적어 보세요.

7. 로빈의 친구 세발트가 셔우드 숲으로 가게 된 계기는 무엇이었나요?

> 그날 밤 늦게 세발트가 걱정스러운 얼굴로 마리안의 방문을 두드렸다.
> "마리안 아가씨, 저예요, 세발트."
> 세발트가 기어드는 듯한 작은 목소리로 말했다.
> 마리안은 얼른 문을 열었다.
> "마리안! 내가 오늘 큰일을 저질렀어요. 산림관이 순시를 도는 줄도 모르고 왕의 사슴을 쏘았어요. 내 화살이 박혀 있는 것을 보았으니 산림관들이 언젠가는 나를 찾아낼 거예요. 어떻게 하면 좋을까요?"
> 세발트는 겁먹은 표정으로 조용히 말했다.
> 마리안은 다 아는 일이어서 놀라지도 않았다. 이미 세발트를 도망치게 하려고 돈과 빵, 옷가지가 든 보따리도 준비해 놓고 있었다.
> "나도 걱정하고 있었어. 낮에 숲길을 걷다가 산림관을 만났거든. 화살 깃을 증거로 마을 사람들을 들볶으면 결국은 탄로가 날 거야. 그러니 어서 피해. 지금 당장 셔우드 숲으로 도망쳐서 그 사람들 틈에 끼어. 그 속에 로빈이 있다면 큰 힘이 될 거야. 이 속에 돈과 먹을 것을 좀 넣었어. 사람들 눈에 띄지 않게 빨리 도망쳐!"
> 마리안은 보따리를 내밀며 재촉했다.

8. 노팅엄의 장관이 활쏘기 대회에 로빈이 반드시 올 것이라고 믿은 이유는 무엇인가요?

9. 로빈이 떠난 뒤 마을에 들려온 소문을 세 가지만 써 보세요.

10. 리처드왕을 도와 후작까지 된 로빈이 다시 숲으로 돌아온 까닭
   은 무엇인가요?

로빈은 무사를 좋아하는 왕과 싸움터에도 여러 번 나갔다. 그때마다 큰 공을 세워서 벼슬이 자꾸 높아졌다. 마침내 그는 헌팅턴 후작이라는 귀족으로 봉해졌다.

세월이 많이 흘렀다. 리처드왕은 사자왕이라는 이름처럼 싸움터에서 사자처럼 용감하게 싸우다가 전사했다.

그 후 그의 동생 존 왕자가 왕이 되었다. 존왕은 로빈 후작을 좋아하지 않았다. 로빈이 싸움터에서 승리를 거두고 지쳐서 돌아와도 별로 반기지 않았다.

로빈은 이제 런던을 떠날 때가 되었다고 생각했다.

"폐하, 소신은 이제 늙었습니다. 초야로 돌아가 조용히 살고 싶습니다. 허락하여 주소서!"

"그래요? 그동안 선왕을 도와 나라를 위해 많은 공을 세웠으니 그렇게 하시구려."

로빈을 거추장스럽게 생각하던 존왕은 그의 청을 기다렸다는 듯 받아 주었다.

로빈 부부는 아란 부부와 함께 참으로 오랜만에 셔우드 숲으로 향했다.

● **논술 능력 Level Up!**

1. 로빈 후드가 활약할 당시 영국의 시대상은 어땠나요? 인터넷이
   나, 백과사전, 교과서 등을 참고하여 적어 보세요.

● 사회적 배경–

● 문화적 배경–

● 역사적 배경–

2. 아래 글에 나타난 것과 같이 로빈 후드는 옳지 않은 방법으로 돈
  을 모은 사람들에게서 재물을 빼앗아 어려운 이들에게 나누어 주
  었습니다. 로빈 후드의 이런 행동에 대해서 여러분은 어떻게 생
  각하나요?

> 그 즈음 영국의 귀족과 관리들은 대부분 노르만족이었다. 그들은 다른 종족
> 들을 철저히 무시했다. 그뿐만 아니라 힘없는 백성들에게는 지나치게 많은 세
> 금을 매겨서 재산을 긁어 갔다. 죄 없는 사람들을 잡아가 두들겨 패거나 감옥
> 에 집어넣는 것은 예사였다. 이렇게 억울한 일을 당한 사람들이 도망쳐서 셔우
> 드 숲으로 모여들었다. 셔우드 숲에는 푸른 옷을 입은 사람들이 하루가 다르게
> 자꾸 늘어만 갔다.

• 찬성 : 잘한 일이라 생각한다.

  왜냐하면—

• 반대 : 잘못한 일이라 생각한다.

  왜냐하면—

3. 이 글에는 많은 인물들이 등장합니다. 아래 인물들은 각각 어떤
   성격과 특징을 지니고 있는지 써 보세요.

● 로빈 후드–

● 리틀 존–

● 기스본의 가이–

● 노팅엄의 장관

● 리처드왕

 풀이

이해 능력 Level Up!

1. 4)	2. 2)	3. 1)	4. 3)	5. 3)
6. 2)	7. 1)	8. 4)	9. 1)	10. 4)
11. 1)	12. 3)	13. 2)	14. 4)	15. 3)

논리 능력 Level Up!

1. 초록색 옷은 숲에서 눈에 잘 띄지 않기 때문에 노팅엄 병사들에게 들킬 염려가 적었고, 로빈의 부하라는 뜻도 있기 때문이었습니다.

2. 고향을 떠난 색슨족의 젊은이들이 대부분 노르만의 관리들에게 쫓겨 반역자로 몰리거나 임금님의 무사들과 싸우다가 죽임을 당했기 때문입니다.

3. 산림관들이 술을 마시는 틈을 타 로빈이 탄 수레를 끌고 가던 색슨족 나무꾼들이 풀어 주었습니다.

4. 지나치게 많은 세금을 매겨서 재산을 긁어 갔고, 죄 없는 사람을 잡아다가 두들겨 패거나 감옥에 집어넣기를 예사로 여겼습니다.

5. 로빈과 그의 부하들이 목숨을 걸고 백성들을 보호해 주었으며, 때로는 백성들을 괴롭히는 관리나 귀족들을 혼내 주기도 했기 때문입니다.

6. 장관이 얼마나 나쁜 짓을 많이 하고 횡포를 부리는지 가까이에서 지켜보며 로빈을 보호하기 위해서입니다.

7. 실수로 왕의 사슴을 쏘아 죽였는데 산림관들이 이 사실을 알게 되었습니다.

8. 첫째, 자신의 활 솜씨를 자랑하고 싶어서.
   둘째, 상으로 준다는 황금 화살이 탐나서.

9. 첫째, 로빈이 반역자의 두목이 되었다.
   둘째, 로빈이 왕의 군대를 무찔렀다.
   셋째, 로빈이 노르만족 귀족을 혼냈다.

10. 리처드왕의 뒤를 이은 존왕이 로빈을 별로 좋아하지 않았으며, 로빈이 싸움에 지쳐 돌아와도 반겨 주지 않았습니다. 그래서 로빈은 외로움을 느끼다가 정든 사람들이 있는 셔우드 숲으로 돌아간 것입니다.

논술 능력 Level Up!

1. 예시 :

   • 사회적 배경-노르만족의 지배로 색슨족은 많은 핍박을 받고 있었고, 부패한 관리와 귀족 및 타락한 성직자들로 인해 백성들의 삶은 고달팠습니다.

   • 문화적 배경-이 당시 영국은 노르만족의 점령으로 색슨족과 노르만족의 문화가 뒤섞인 혼합 문화가 발달했습니다.

   • 역사적 배경-덴마크와 스칸디나비아 지방에서 살던 북방 노르만족이 8세기~12세기에 걸쳐 유럽 각지를 점령하였습니다. 로빈

후드가 활약하던 11세기의 영국 역시 이들이 점령하였고, 대다수
의 노르만족이 귀족 자리를 차지하고 있었습니다.

2. 예시 :

•찬성─비록 남의 것을 빼앗았지만 빼앗은 재물을 어려운 이들을
돕는 데 썼고, 나쁜 사람들의 것을 빼앗았기 때문에 잘한 일이라
고 생각합니다.

•반대─아무리 고통당하는 백성들을 구하는 일이었다고 해도 도
적은 도적입니다. 이런저런 이유로 도둑질까지 봐준다면 사회적
으로 기강이 해이해질 것입니다.

3. 예시 :

•로빈 후드─뛰어난 활 솜씨와 지혜로 욕심 많은 부자와 부패한
관리들을 혼내 주는 의협심 강한 사람입니다.

•리틀 존─약한 자들 편에 서서 용감하게 활약하는 정의로운 사
람이며, 우직하게 로빈 후드를 도와주는 의리의 사나이입니다.

•기스본의 가이─칼 솜씨가 뛰어나지만, 비겁하고 인색하며 욕심
이 많아 다른 사람들에게 피해를 주는 사람입니다.

•노팅엄의 장관─욕심 많고 부패한 노르만족 고급 관리입니다.
로빈 후드와 그의 부하들을 없애려고 번번이 애를 쓰지만 결국
실패하고 맙니다.

•리처드왕─'사자왕'이라는 별명답게 매우 용감한 사람이었습니
다. 로빈 후드에게 어떤 힘이 있기에 숲을 훌륭하게 지배하는지
알아보기 위해 직접 로빈 후드를 만나러 간 멋진 왕입니다.

초등학생이 꼭 읽어야 할 세계 명작 시리즈